天下文化

BELIEVE IN READING

BGB543

人醫之間

張德明醫師的理性與感性

張德明——著

目次

輯二　診間

推薦序

綜合「人間．診間」及「之間」的張院長

高希均　遠見．天下文化事業群創辦人

（一）揉合「醫學專業」與「人文素養」

張德明院長曾擔任三軍總醫院院長、國防醫學院院長、國防部軍醫局局長，完整歷練軍系醫療體系重要職務，二〇一五至二〇二〇年擔任臺北榮民總醫院院長，卸任之後仍堅守崗位，繼續服務眾多患者。認識他時，就是院長，在眾多稱呼中，以院長最親切。

張院長從醫大半生，除了頂尖的醫學專業，還練就一顆貼近患者的心，因此他不只治病，還療心，兼具專業與愛心。這都要歸功於他熱愛文學、藝術，積累深厚的人文素養。

他將日常所見、所思、所感轉化為文字，發表在臉書粉絲專頁「張德明風濕病圖書館」，每篇文章還搭配畫作。二〇二〇年，他將文字與畫作集結成書《醫中有情：臺北榮民總醫院院長張德明的行醫筆記》。

這兩年來，張院長又累積了許多好文與畫作，出版新書《人醫之間：張德明醫師的理性與感性》，內容分兩輯：「人間」、「診間」。「人間」寫生活中的美好、與親愛家人的相處，以及世間百態，一花一草、山邊水涯都能讓他有所觸動與省思；「診間」寫與病人之間的互動，文中不乏已跟著他二、三十年的老病人，都是因為張院長在問診之間能夠深刻體察病人的心情，幾句關切的話就化解不安的心緒。

（二）「之間」的引述

因為作者是兼諳醫學專業與人文素養「之間」的院長，想起自己初次認識「之間」這二個字的重要性。

那就是一九五七年在臺中農學院（現在的中興大學）讀大三時。國學大師徐復觀是我們的國文老師。他對我作文印象還好，就找我代為校對他即將出版的重要文集。

老師的時論素以氣勢磅礡、論述強勢聞名。心中想到如果能學到一些老師的論述本領該是何等幸運。

書名很新鮮，《學術與政治之間》，我認真細讀校對，收穫重大，也真正體會到「之間」的意涵。那就是「學術」與「政治」這二個題目（領域）之間的相互關聯及相互激盪。老師居然還在自序中謝謝這個學生的校對。

三年後去美國讀書就發現，研究所中剛剛興起的「科系整合」領域（Inter-disciplinary fields），後來在我任教的威斯康辛大學經濟系，把經濟理論與教育特質結合，開設了一門「之間」的新學科「教育經濟學」（Economics of Education），就是在討論經濟與教育之間的相互關聯。一九八〇年初也把「教育經濟學」介紹進臺灣幾所大學課程中。

臺灣擁有不少優秀醫師，但我們需要更多如張院長一樣，兼具專業與人文素養「之間」的醫者，那真就是提高了醫療的文明程度，更增加了病友的福氣。

推薦序

引人共鳴深思的散文作品

梁賡義　國家衛生研究院院長

和張德明院長認識十年餘，時任國立陽明大學（目前是陽明交通大學）校長，他是臺北榮民總醫院院長。榮陽本就一體，加上理念相同，合作愉快，而成為好朋友。

張院長從小喜歡文學藝術，愛看書、愛寫作，也愛繪畫，讀醫科卻偏愛文學。自臺北榮民總醫院院長一職卸任後，他仍行醫不輟，當然最愛的閱讀、寫作與繪畫，仍是生命中最重要的養分。

自二〇一四年起，張院長即開始經營臉書粉絲專頁「張德明風濕病圖書館」，與眾多讀者分享最新的「醫藥新知」、心有所感的「心靈對話」，搭配畫作或攝影，每一則都能看見他在專業上、在生活上的用心感受與享受，而每一幅畫都有畫龍點睛之妙。我每篇必細讀，並和好友「分享」，可算是頭號粉絲。

二〇二〇年，他將多年來在粉絲專業上發表的文章與繪畫集結成書：《醫中有情：臺北榮民總醫院院長張德明的行醫筆記》，這些觸動他的大小事化成優美的散文，讓人體悟到，要成就一位好醫師，專業之外，不能沒有人文素養。

時隔兩年，他再推出新書《人醫之間：張德明醫師的理性與感性》，內容分為「人間」、「診間」：「人間」寫生活中的點滴、行旅間的感動、親愛的家人、疫情下的體悟、對自然的禮讚；「診間」用幽默細膩的筆，描繪形形色色的病人，在專業的診療之外，他用溫暖機智的話語，化解病人的憂慮，為他們帶來無限的勇氣。

讀張院長的〈享受？退休？〉特別有感。再過幾個月就將卸任現職，朋友說：「恭喜，退休是人生大事，要幫你慶祝一下。」我的回應是：「卸任不是退休，希望仍有機會做些有意義的事。」如文中所言：「什麼叫退休？……什麼叫享受生活？……我一直都很享受好嗎！」年齡只是一個數目字，保持年輕的心，比什麼都重要。整本書一路讀來，有太多的共鳴！

讀張院長的書，每一時刻都認真感受，才能有這樣觸動人心的文字。這是一本值得細細品味的散文作品。

自序

以畫配文，寫真實的生命與生活

持續不斷的寫作，好像是一種美德，當然不是指道德崇高或文采豐盈，而是那種鍥而不捨的興致和態度。

有所觸動後，彷彿在迷霧中穿梭，非經苦其心志、空乏其身，才得堅持循著一盞燈破繭而出，用文字解剖一段時間、一個具象，或一種情緒，好像劃破長空摘星，又像劈開碧海取珠，然後才大珠小星落玉盤的集錦成文。重要的是，在空、盈之間輪迴後的滿足和愉悅。繼上一本《醫中有情》後，又再次出書了，真的欣喜莫名。

持續不斷的寫作，其實也是自我療癒的方式，人有七情六慾，對萬事萬物的所見所思，鬱積成心中塊壘，吐而後暢；而在文字間的咀嚼拿捏，直到化成黑字，才知什麼是嘔心瀝血，也或根本信手拈來，若偶有共鳴，當然喜不自勝。

人間，是萬物幻化的場域，一沙一世界、一木一浮生，有春夏秋冬、有喜怒哀樂、有悲歡離合、有蟲鳴鳥叫、有花開花落、有日出月落、有燈明燈滅、有是非對錯，當然也免不了快意恩仇。在時光與歲月裡、在美麗與哀愁間，無論如何，剎那的悸動，儘管一瞬，已是永恆。

在這個時光間歇錯流的萬花筒中，我們會感受到一些成長或墜落的訊息，有喜有悲，有歡有痛，但這就是真實的生命與生活。

人間，如在棋局裡，恍惚間，不知道是下棋的人還是棋子，或者時有角色互換，或根本局外的遊遊蕩蕩；我撕心掏肺的訴說，也只是想讓自己感動再感動別人，讓世界充滿真善美，或體認真善美。

診間，則是社會的縮影，各式樣的人擁擠排列，不同的年齡、不同的性別、不同的種族、不同的職業、不同的個性、不同的背景、不同的際遇，相同的是都帶著疑惑痛苦而來。醫者能做的，常也只是減輕而已。像啜飲一杯咖啡，有苦澀、有回甘、可能滾燙、可能冰涼，但卻都是生老病死的大事，喝下去，但盼能調和得入口平順、舒暢淡逸。

一個假日上午，走進住家附近的咖啡館，入口處放了幾本書和雜誌，還有一些小陶藝。隨手翻閱一本李知彌先生著的精裝書，一首老詩配上一幅新畫，很喜歡，顧不得咖啡，當場囫圇吞棗。而後，就學著以畫配文，享受那種心動兩次的感覺。

小學時，老師要我們畫出「踏花歸去馬蹄香」的詩句。畫馬容易，比犬臉長一些，尾巴也長一些、鬆散一些，只是不知如何表達那份詩意。後來知道，原來這招是喜好藝術的宋徽宗，規定畫家要進入畫院，必須經過此類考試，以古人詩句為題，由宋徽宗自己主考、評畫。這方法考驗著書畫詩文，既有挑戰也饒富趣味，當然也就樂於不斷嘗試並突破。

其實從小喜歡塗鴉，但從沒認真學過，當然也是「沒時間」給了疏懶的藉口，反正只是原子筆、水彩筆的交替，抱著單純抒發的心境，故能樂此不疲。

有病人來說，好喜歡診間故事，但不要寫我噢。其實診間如同人間，每個人都是一本書，都好多的故事，我們在故事中學習、在悲歡離合間成長，若有所悟、若有所成。我應都已盡力隱晦其人，或只有本人才能對號入座。對讀看的路人，只在取其弦外之音。

這本書的出版，首先要感謝天下文化的社長林天來先生，當時傳告心願，立獲正面回應。當然更需感謝天下文化的創辦人高希均教授和王力行發行人，他們所寫的書皆引領當代思潮，都是劃時代具代表性的大作，能接受這種小品，非常難能可貴，尤其高教授願兩度為序，美言一再，實深感榮寵。

梁賡義先生是國家衛生研究院院長，也是中央研究院院士，深受學界景仰。我習慣稱他校長，因在他擔任陽明大學校長時，我是臺北榮總院長，兼陽明大學副校長，山上山下，相互砥礪，情深義重。梁院長慨允為序，適為多年情誼再留一見證。

此外吳佩穎總編輯，謙謙君子卻學富五車，為書冊挑選了一個響亮且富意涵的名字《人醫之間》，聽聞後當場驚豔，並欽佩其對文學的敏銳與涵養。

而我的書，天下文化每次都託付給陳怡琳主編負責編排。她秀外慧中且深富耐心，具有化腐朽為神奇的能力，我的文字能讓其益增光彩的似乎也唯有她，在此一併致謝。

散文成冊出書，真是美好的一天，也祝福大家一切美好，更盼望讀者能有所獲，且心有戚戚。

張德明　敬筆

二〇二二年九月二十八日

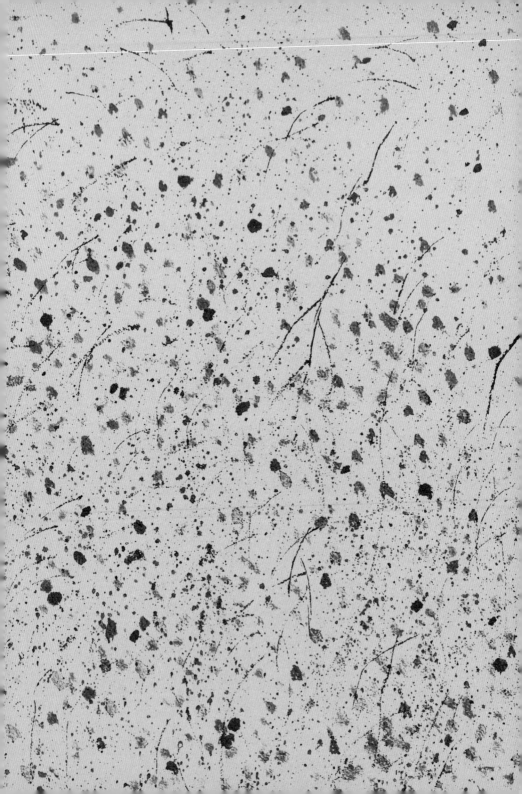

輯一

人間

一日雙山

陽光由紗簾慵懶的探身進來，柔柔煦煦的撒一地斑駁，沒有溫度，只有亮度，硬撐開閉著的雙眼，是長假的一天，是一天的開始，煩惱著何去何從。

很難在城市裡悠然忘我，樂山悅水，但水茫茫的太遠，猜還有大量車流前呼後擁；非水即山，沿故宮邊的小徑，紅綠燈左轉，這一彎已是陽明山國家公園，橫豎進去再說。這山，承載著無盡的神祕，藏擁著不老的傳說。半山，氣溫已降，開窗，讓山嵐飄進來，那拂過樹梢的嵐，那混過雲雨的嵐，清新涼爽的沁入心田。

重山綠樹雲影中穿出的水，池邐而下淙淙奔流，想起南宋詩人楊萬里的七言絕句：「萬山不許一溪奔，攔得溪聲日夜喧，到得前頭山腳盡，堂堂溪水出前村。」勉勵人只要有決心、必能水到渠成、出人頭地。溯不見水的源頭，望不斷水的盡頭，橫空出世，卻已風流萬載。

循桂花香，果腹中飢渴，應該是幾十年的老樹，被白房子圈著，但圈不住裊繞甜香。點一杯桂花紅茶，讓桂香在靈魂中纏綿，讓茶香在心田底沉醉。

不輾壓肆虐身體就不是長假，總要挑戰底線做些沒幹過的。夜登象山，只為近水樓臺在高處一窺那一輪圓滿無缺的月。沉重的腳，踩踏彷彿無盡的石階，喘息中循梯而上，雲靄深重，只有那座大樓，依然是城市的燈塔，看到就心安了，知道在心深處始終月圓人圓。

大山行走，願得其寧靜而致遠！

兒子再見

機場大廳，空蕩寂靜得令人迷惑，人們真就這樣停下了腳步？

一八四九年，匈牙利愛國詩人裴多菲在作戰時犧牲，年僅二十六歲，曾寫下名句：「生命誠可貴，愛情價更高，若為自由故，兩者皆可拋。」但親情、愛情、友情、人情，彷彿都在疫情下低頭，似乎均可暫停。

送行結束課業回國探親的小兒，一路快速通關，完全免排隊的暢行無阻，還來不及淚眼磨蹭就飄到老遠揮手掰了。這倒也好，畢竟不是專業，情緒一下還湧不上來就結束了，沒出醜卻沉甸甸的鬱塞。

每一次相聚都注定要分離，每一次分離卻不知何時再相聚。人們在招來呼去間聚散離合，夾雜著喜怒哀樂，也演繹行走著不可測的人生。

無法預期何時相見，無法排拒何時分離，相見當珍惜，分離也只能期盼再相見。相見分離不斷浮沉，時光沖淡了甜酸苦辣，沉澱了感傷寂寞，只留下幽幽回憶，或者根本遺忘。

英文的再見有 goodbye, see you, catch you later, cheerio, ciao, farewell, so long……每一個都有再會的期待。除了醫院，我們都真誠的說再見，渴望在某一時空，欣喜的、驚訝的、溫暖的、安慰的，再遇到、再續緣、再見。

機場真空蕩寂靜得令人驚心，病毒挑戰情堅，朗誦著生命誠可貴，硬斷了交通，減少了團聚，或也阻攔了分離。也許團聚到煩，也許分離到痛，在時間的巨流河中我們無奈的聚離，方知團聚與分離都不是我們想做就做的。

但家，永遠是飛鳥的巢、遊船的港，不變的、溫暖的，在燈火闌珊處悠悠等待。家人，永遠是飛鳥的伴、遊子的岸，忠誠的、包容的，在暮靄斜陽裡殷殷期盼。

這一次沒有飆淚激情，只有輕輕的擁抱，因為我們一定會再見。

疫情假期

日子不會停，只是過去；生命不會停，只有奔老；若疫情也不停，我們就要有長路偕行的準備。

這不是假期，因為地球依然轉動，日子沒有停；

這不是假期，因為分分秒秒流逝，生命沒有停。

如果因為疫情不停，我們被迫喊停，封班封校封城封國封世界，你就真停在原地不動了嗎？想好要做什麼了嗎？還只是睡得晚一點，醒得自然一點，任著別人把自己給封了，就真的全停了。

別因為外界停了就鬆散了，歲月會成為記憶中的空白。未來，你怪老闆、怪市長、怪部長、怪總統、怪病毒都沒有用，因為日子不會停，生命不會停，病毒不會停，也許別人也沒停，而也許只有你傻傻的停了。

世界表面上安靜了，街上沒車沒人，但別相信它真的停了。

有人發掘弱點全力補強，有人委屈蹲低苦練馬步，有人高興亂了快跑者的步伐，有人暗喜落後中有了喘息的機會。各種閉門苦修、合縱連橫相信都積極的在進行，苦撐待變，沒有人相信大家會因疫情的封阻就真的都酣睡了。

如果有天疫情停了，解封了，大家都出來了，你是否還是原來的你？是進化了還是退化了？還是你已經在不見天日中畏懼了陽光，在離群索居中失去了追尋。當一切回到未來的過去，你準備好了嗎？還是發現雖沒有染疫，但已在疫情中死去，失去了再戰的勇氣和信念，也減弱了再戰的專業和能力；或才發現別人利用暫停，已強化升級到2.0，無論是心智上還是體能上，而你空乏走鐘，只是度了一個無聊的長假，抹去一段人生。

這是人類和病毒的戰爭，你絕對是對方通緝想獵殺的對象（Wanted），絕對是局內人。我們要感謝這麼多科學家，夜以繼日的分析病毒、破解病毒、找尋藥物、研發疫苗；這麼多醫療人員，夙夜匪懈的賭命一線、面對病毒、壓制病毒、搶救生命；

社會上這麼多人出錢出力，國際上這麼多人攜手合作，目標只有一個，就是戰勝病毒。而我們要做的，除了繼續保持原本專業，就只是配合戴個口罩，減少活動，拒絕加入病毒對人類攻擊的傳染鏈，不要成為為病毒鋪路的墊腳石，或起碼不要成為需要被照顧的人，成為他人的負擔，更不要變成病毒的戰利品。

批評是最廉價的，我們的常識放個炮的能力都綽綽有餘，我們的訓練挑缺失的功夫都相當扎實；但何不學習如何在紛亂訊息中過濾出有根據的和需要的，在有限專業中，看看還能持續貢獻什麼，並將正面能量分享大家。如果真的無能為力，就至少要做到最基本的，戴口罩、勤洗手、保持社交距離。

當然時勢造英雄，總有人在找鎂光燈，凸顯捨我其誰的態勢，他們或也在為自己而戰，希望在困境中有所收穫，有所突破，有所提升。最重要的，有所不能被遺忘。千萬冷靜，別傻傻跟著團轉，因為開牌時，只有贏者全拿，贏者一定是健康的人。

其實贏的方法很簡單，只要你我都把自己顧好就一定贏，如果每個人都一百滿分，是要去哪裡找不及格的紅字。不要告訴我你是在茶室或遊覽車上陣亡，那不是漂亮的戰場。如果大家都顧好自己，顧好家人，病毒一定走投無路，等疫苗打下，群體

免疫，病毒當然就只有敗走一途。

這是歷史的一刻，人類史上必然留下此頁，這場難分難解的病毒戰爭，我們躬逢其盛都是主角。只有期盼，難堪的敗筆千萬不要因你我而寫，勝利的號角卻應由你我吹響，現在喊個暫停，千萬別真以為大家就都睡了，那只是蓄勢整備的時機，鴨子划水、枕戈待旦，不但要有信心打贏這一場，還要準備好打贏下一場。

落雨松／落羽松

下了近一個月的雨，濕漉漉水漬過的路，灰濛濛非傾著身子聚精會神的開，也不過由石牌到內湖，高速公路上好像過了某個點就要開大雨刷。車子在水花濺灑中穿越，滑過倒影中的霓虹，有些淒冷，心頭也像發了霉似的斑斑駁駁。

半夜雨聲驚醒，外頭是下著雨，不是驟雨狂風，那都還擾不了我，但就只一滴雨，可能滑落自屋簷、可能簷上有個洞，雨，就一滴一滴，有節奏不休止的不斷敲打著石板，也敲打著耳膜心頭。

停停好嗎？歇個五分鐘給個機會待睡著再敲好嗎？妳這樣木魚一樣的敲，是要逼我陪妳到天明？還是白天做錯了什麼需要立刻反省？

我是該先起身作法讓雨停呢？還是先去補那個洞？還是石板上墊層軟墊？還是就耳裡塞個棉花？

想著想著天就亮了，心清明了，聲音也弱了，敲不敲也就不那麼重要了。

隨意翻閱早報，說是落雨松的季節，美不勝收。昨夜被雨驚擾到現在頭腦還浸泡著，反正閒著，就兼程探訪。雨中訪雨松，看到底是什麼關聯，什麼樣的美景。

富詩意卻知識不足，讀報又不認真。其實是水杉，原產自北美，一九〇一年引進臺灣，每年十一月起會逐漸轉黃，一月再由黃轉紅，染秋冬以顏色。因為變成紅褐色的枝葉脫落時，如紛飛飄散的羽毛，因此得「落羽」之名。

下了一個月的雨，濕答答的以為什麼都是雨，誤會是落雨松，好在落雨、落羽都詩情畫意，在這個冷雨的冬季，欣賞那冷豔的褐黃。落雨賞杉，落羽繽紛，滿園松聲填萬壑，一彎黃羽暖心頭。

祝福

即將邁入農曆辛丑牛年，除夕雖然已經沒有萬籟俱寂的值班，仍在家靜下心來不免俗的變些花樣應景，並獻上誠摯祝福。

繼陽曆年前畫的呆牛與聖誕紅，這次則仿李可染先生有名的水牛，畫了壹雙。他的水墨畫清逸脫俗，仙氣縹渺，也才揣摩到古人畫花鳥魚獸，都要結廬其旁，細心觀察才能落筆的原由。幸好今日有了電腦手機，才得反覆推敲，更不至中途飛走游走跑走。

當然要先有意象，圖依心轉，因為牛轉乾坤，所以水牛的配置就有了旋轉。最難的是頭，鉛筆繪稿時總覺似犬或鹿，直到找到眼睛上提和頷邊有毛的訣竅，牛才呼之欲出，也才信畫龍點睛絕非虛傳，水漬鋪灑後即浮出優游的年獸。

小書店九十元買了一疊紅紙，研墨潤筆，揮灑春福，願大家青春洋溢、五福臨門。再畫了吉祥水果，祝福大家蘋平安安、柿事順利、橘祥如意、梨想成真。

喜歡常玉的畫，恢宏大器，線條勁美，他最著名的是畫裸女。而一幅金魚在手機拍賣網站上看到，二〇二〇年在香港拍賣會以一點七億港元成交，寓意富裕和希望，尤其橘與灰的配色，耀眼卻柔和。和繪畫教科書相左，狀似在一個平面上作圖，採用靜物繪畫方式卻有強烈動態感覺。他畫了八條魚，我也畫了一幅，加一成九如，桌面鋪的織錦緞布上有福壽，取其久久長長、如如意意，的確是非常吉祥又喜慶的畫作。

蘿蔔是一位朋友每年此時從園中刨出帶來的蔬果，碩大青白，仍帶著泥土香，唯不知若今年未出，明年是否更為雄壯。古籍登載立春日「啖春餅、食蘿蔔曰咬春」。蘿蔔是菜根，堅硬多筋，寓意能吃苦和清心寡慾。生活中不如意者十之八九，仍應常見一二，知足常樂。

最後再獻上兩粒大紅石榴，象徵鴻運當頭、甜甜蜜蜜、多子多孫、福壽綿延。深揖拜年，祝福所有讀者健康平安、順心如意、牛年行大運。

藍白

心湖有漣漪，總寄情海天，在純淨的藍白間，藉溫柔堅定的自然力量撫平。
旋起的風，吹拂著面頰上絲絲縷縷難言的悶；
期待著雨，滌落去心底下勾勾纏纏莫名的躁。
風在吹，雲沒動、水沒動，是心動。
但哪有說風就雨的，風雨總無常，心若靜，即無風雨悶躁。
大塊以顏色，沒有盡頭。
藍，浩瀚沉靜一抹迆邐的讓人心寬；
白，浮雲蒼狗萬種風情的留人悟思。
於是在雄渾的海天藍白間澄定。
這天，映照過萬年水；這海，浮沉過千年人。他們總一抹藍，染幾縷白，亙古一

色。而我的飄閃而入，正如那千千萬萬，瞬間溶沒，無聲無息，無悲無喜。

在礁岩間掬一拳窪中水，光影下依稀藍白，那萬年沖刷已成洞，誰復記得雕琢的是那朝浪，留下的是那年水。滄海間粲然一笑。

我在藍白間移動，緩慢渺小孤獨，卻悠閒自在。看著遠處的氤氳，放下，是雲、是水、是心；升起，是雲、是水、是心。

我鍾愛的藍白！

八斗子聽潮

沿小漁港順著潮音走向大海，比舢板大些的船，幽幽的依偎在染著油漬的綠波上，彷彿牽著手低唱著凱旋歌，在濃濃海味中飄散著征戰歸來的恬淡和悠哉。

漁夫們神情依舊亢奮，甚至帶著喜悅，深蹲著叼支菸在岸邊補網，迷惑的看著我們輕快的腳步。那是他們生存的海灣，好不容易遠離惡水喘口氣，卻見我們尋潮而來。

潮音如轟雷般由遠而近，深秋的浪，依然重重的拍打著岸。它不是今晨才驚醒，也不是昨夜才回神，它已經拍打了一輩子，那從盤古開天以來的一輩子。

它根本沒停過，一下下重重的拍擊著。

不知是累了幾世的冤仇，就不停的退後向前，湧起碎落，沒變過節奏，無懸念的訴怨扣擊，也不甩人家是否早已掩門閉戶的無奈求饒。

或竟是牽了幾世的情緣，就糾纏著跟前追後，捧高啐低，直死心塌地，不停歇的呢喃告白，更不管人家是否早已鎖眉翻眼的排拒推遲！

天亮了、天暗了、天晴了、天雨了；風起了、風停了、風捲了、風平了。浪依然故我，痴情執著的淘著沙、雕著巖，拙實誠樸的周而復始，無休不止。

潮起於四面八方，匯湧呼嘯洶洶作勢，再巴掌拍頭，倏忽散落個七零八落。不知從哪裡來，也不知往哪裡去。亙古以來，不斷前撲後繼，繪聲幻影在耳際心頭。

由潮境公園羅列的掃把，遙望遠處迷濛的基隆嶼，若有哈利波特的飛天魔法，應能踏波而去，遁地而回，掃他個一乾二淨的心曠神怡。

緣潮音前行，綿綿細雨伴著轆轆飢腸，尋一方歇腳處兼觀海聽潮，一抹紅在藍天綠地間醒目，直上二樓點一客無菜單料理，茫茫大海一隻今晨落單的小卷，為芸芸眾生一位無意路過的老饕果腹，潮聲中混著它的悲歌和我的吟唱。

憑窗捧讀，好一畝寧靜方塘，天光雲影映胸中丘壑，潮音漸遠、潮音漸渺。

2020.9.9.

紅磚牆

去一個地方，好多方式、好多路線、好多規畫、好多選擇。其實殊途同歸。但這一路上，風景不同、領略不同、遭遇不同、收穫不同。其實同歸殊途。

趕時間時沿街走大道，路平燈亮水溝通，也不會有突然衝出狂吠的狗，就順著節奏走的心無旁騖。

不趕時間的時候，繞街鑽小巷，坑洞水窪踢踏行，就是有那瓦頭浴日慵懶的貓，總亂了拍子逛得心不在焉。

今天，當然是無所謂的一天，繞道踽踽行走在高聳的大樓間，一抹磚牆突兀又那麼柔和的吸引著，其實已不是第一次邂逅，但不知是陽光、和風、還是心情，就覺得想為她歌詠。

這牆是紅色的，怎麼描寫紅色？火紅、潮紅、緋紅、朱紅、殷紅、酒紅、血紅、嫣紅、桃紅、櫻紅、棗紅、蘋果紅、玫瑰紅、火鶴紅、豬肝紅、當然還有張愛玲的蚊子血與硃砂痣，但都沒有這一抹磚紅讓我駐足沉醉。

磚紅是懷舊的顏色，一抹紅就沉陷年幼時光，牆內無限憧憬，牆外多少渴望，磚牆依舊，人事已非！多少實踐、多少滿足、多少回憶、多少悲歡，伴著人生！

磚紅因灰泥更耀眼，為何這般恣意，揮灑得如此粗獷，沒一處勻稱。但若真的柔順平滑，又怎能在陽光下令人心馳神往。紅花綠葉唯相得才益彰，不由讚佩砌手的匠心獨具。

為何牆要砌得這麼矮，不探頭也登堂入室，應該一翻就過去了吧。是主人個小？是紅磚量少？是對人信任？是空城無物？還只是想由窗內凝望牆外的四季。

但為何矮牆上又插滿尖銳的玻璃？好像不久前，就在父親的年代，把酒瓶砸碎沾了水泥糊上牆頭，不同的大小顏色形狀厚薄，除非一身本領空翻而過，是不給一處借力的點，插上了保證血流成河痛徹心扉。

那麼對人還是不信任？家裡應該有寶貝？若主人個頭不小也不缺磚，就應該真是有遠眺的心，還可能在玻璃光影下灑一室的絢爛。

當年牆內是否也曾聚散離合一如牆外的四季，走過秋天的蕭瑟、冬天的寒涼、夏天的溫暖，和春天的成長。

如今牆內荒草叢生，居然漫過磚牆，這才發現隔著牆頭，我看著妳、妳看著我，原來都有窺探之心，也應該都安慰滿足了。

我走過這面巷弄裡的紅磚牆，牆內牆外、追古惜今，輕輕的留下詠嘆足跡。

牆裏牆外
德明
2021

小樹

窗臺上的小樹，種在拳頭大的盆裡，綠意盎然、迎陽招展，青嫩的葉子、寫意的枝芽，看了心曠神怡。

狀似楚楚羸弱，卻已跟在身旁超過十年，由國防醫學院院長室、國防部軍醫局局長室、榮總副院長室、院長室，直到現在，靜靜的蹲著，默默的伴著，自顧自的活著。

那是棵馬拉巴栗，不知原來蜷伏何方，不知是誰圈了根編成辮子種在小羊頭盆裡，也忘了是誰在什麼場合送給了我。真的不記得了，一定以為經過這麼多遷徙早扔了，一定難以置信會帶著走，且一直跟在身邊，行走天涯還優雅的活著。

就捧在掌心上，一週澆點水，也沒上過肥，臥一小方土，抓牢了還不斷開枝散葉，生長得令人心動，淡淡的活出生命。即使行囊再多，轉換間始終不離不棄，因為知道若一撒手就會枯萎，所以不能不管，所以帶著走。

君子不器
2020 陸朗

就默默跟在身旁，看盡人來人往，聽盡機要私密，走過歲月卻一直低調的生機盎然，很難想像這份堅貞的情誼。

經過這次搬家折騰，小樹雖然少了幾片葉，卻依然清秀俊拔，連我都難以置信會如此頑強的在那麼小的盆裡，不可思議的撐過十年。

今天窗外一隻鴿子，應該是從很遠的草坪飛來，不畏不懼瀟灑蹲伏在窗邊斜睨著我。是寒風中歇腳取一室溫暖，是迷途了居高尋回家的路，是千里捎訊給窗內的我，還只是好奇隔窗看這十年的樹。她紅色的眼盯著綠色的葉和白色的我，閃爍的是宇宙中彷彿通達卻又隔閡的言語，我卻好像懂了。

人生就該往前走，前方碰到什麼人、什麼事、什麼環境、什麼狀況終沒人知道。人生這本書就只有過去、現在，其實看不到未來，但終究要生存、要生活、要生機盎然，所以要像小樹一樣堅韌頑強，任一方泥土，就長得活靈活現、光鮮亮麗，任爾東西南北風。

看到小樹很有感覺，在光影中許多身影閃過，希望每個人在家中或心中種一棵良善的小樹，養得它根深柢固再開枝散葉，會覺得溫暖幸福的。

兒孫

三個兒子兩個結婚了，樓上樓下親朋好友，總有人問何時當阿公。其實應該就像見面說天氣不錯一樣，知道是隨口一問的哈拉，當成是 say hello 的客套，就笑一笑，伸食指緩緩搖一搖，噓！不必問！何需急！也不關你什麼事！

兒孫自有兒孫福，這句話的意思其實就是要做長輩的別管太多，本來生命就自己找出口，小孩長大了，有自己的選擇和未來，不必過多操心干涉。

回想當年，有兒子的時候，是奉父母之命為滿足他們有孫子而辛苦耕耘？是沐浴更衣後聖潔的為創造宇宙繼起的生命而做？還是聽天由命的順其自然？或根本只是一個不小心？把當初這幾個層次反省一下，當然就關係到對兒孫的態度和思維。

真的不必急，因為若兒子有了兒子，自然就升等阿公，但不能因想當阿公，就要求兒子有兒子。

其實道理很簡單，為何要生兒育女？是因為一時快樂？快樂未必要生；因為傳宗接代？那是伊莉莎白女王擔心的事，你又沒帝國在手，是在擔心什麼？若有個好名聲也就算了，忠厚傳家、詩書濟世，還有個傳頭；若家財萬貫也罷了，賞個金湯匙總能撐個三代；若一切普普，鳴金收兵趁早下市又有何妨。

至於斷了香火，如果你不是個咖，對社會沒啥貢獻，渾渾噩噩過日子，倒不如斷了好，說不定還嫌斷得晚；如果你是個咖，對社會有大貢獻，就繼續發揮並負責的把兒子教育好，甚至分享社會，也不必越俎代庖再找接班，那基本上是兒子要考慮的事。

結婚四年後，生了第一個兒子，再三年生第二個，四十歲生第三個。這可不是撞日子碰運氣，當然是覺得天時地利人和的因緣俱足了吧！應該是掂過自己斤兩有幾分能力才做了決定。重要的不在生，在能養，尤其是能育。我當然要為自己生的兒子負責，給他能力範圍內最好的教育、最好的品德、最好的生活，甚至最難的健康和快樂，讓他們能頂天立地，做一個正直有用的人。那時我父母親也沒插手沒說半句話，就自己負責。

但你完全沒有辦法為你孩子的孩子負任何責任，就老了不中用啦！所以逼孩子生孩子是沒有道理的事。若你堅持，根本就是家庭和樂的禍源。若把快樂建築在別人的快樂上，當不為過，但不能把快樂建築在別人的痛苦上，除非保證出錢出力，有事就扛，像養兒子一樣的養孫子，否則就只能閉上嘴。

簡單說，當爸爸或許是你能控制的，當爺爺就該是兒子控制的事。若孫子出來了，站一旁拍拍手分享一下可以；沒出來，連吆喝都不應該。畢竟負不了任何責任，更別說拿一頂傳宗接代的帽子扣在別人頭上，尤其媳婦兒通常頭小心弱，那不是她們的責任，沒人欠你，有本事自己生兒子，別逼別人生你的孫子。

要清楚認知，媳婦也是別人家的女兒，是愛兒子才來到家中，曾答應要像愛兒子一樣愛她，但她不是為生孫子來的，也不能因她不生孫子而不愛她。沒任何資格要求為了我要有孫子，所以兒子要有兒子。不然當初結婚契約上就寫清楚，宣誓要生孫子再進門，就看看是先有孫子還是先沒了媳婦。

生孫子真是兒子能控制的事？其實生兒育女苦的還是女人，女人點了頭，男人是歡樂一下就走，看到試紙上兩條線也不過就抱著流兩滴歡喜或震驚的眼淚，轉身後剩下的懷胎、驚擾、產痛，或許還要開刀、餵奶，背著抱著，都她獨享。男人只是在旁邊喝采喊加油，等女人母愛噴發完，暫能脫手時，多已人老珠黃變了形，這時還可能要守著寒窯，接孩子下學等先生下班。賞個笑臉，就喜孜孜的去做飯；擺個臭臉，就對著鏡子嘆。欸！當年是哪個逼她生的可以出來負個責嗎？

若兩人都得上班，是誰該犧牲？先自己說完 yes 再談，沒人說應該就是女性回家的，說不定她未來發展更好。若都不犧牲，也不知為何犧牲，就得切割一些薪水請個保母。但生個小孩給人家帶是什麼意思，保母調教的小孩未必是你想要的孫子，傳宗接代四個字看起來就歪歪的。要不就自己接手，為了當阿公阿媽撩落去，像調教兒子一樣調教孫子。若這時唉聲嘆氣的說沒體力影響作息，那當初就閉嘴閃一邊去，不是嗎？凡事心甘情願。

那不是一句兒孫自有兒孫福可以打發的。若兒子要生兒子，上天賜孫，自然欣喜接受，小心呵護；若頻頻催促，強人所難，就先打個燈趁亮照鏡子看自己能付出多少。

孕是象形文字，女生大過肚子，一切就變了。可不只是肚子上的妊娠紋而已，那了不起不穿比基尼。是心態，就少女變媽媽的心態，滿心滿口兒女經，上班無心，下班無我，肌肉重分配，臂膀粗了腰圓了，走路上就只見豎大拇指但沒人吹口哨，就開始過母親節兒童節，再沒有玫瑰花香水，只有餵著奶水盼著康乃馨。

那老了怎麼辦？不是該養兒防老？總得有個推輪椅陪醫院的吧？別開玩笑了，這不是農業社會，有出息的不是出國就在忙，過年過節見一下已額手稱慶，根本見不到人影是要怎麼防？難不成還得算準了日子生病！沒出息的在家裡痴坐圍著轉，不定眼睜睜等著你老盼著你走，不但得防啃老，報載還可能有催老巴不得你早上路的。當然講得殘忍，說得極端，但要想養兒防老，那還真不如養隻貓，還真不如存足了錢進養老院，一分錢一分貨的恬淡過日子。

我當然仍會痴痴的等，等兒子們像我當年決定好了再說，到時候我就是阿公，現在就是練肌肉存錢，看那天到來能幫什麼忙；若兒子們沒動靜，當然掂掂，但我還是好爸爸，那是我自己決定的，一生一世的責任，仍然是練肌肉存錢，看是否能再幫些什麼，讓我的兒子媳婦們都快樂健康！

花傘

一抹閃電夾著雷音，像是大地禁錮後的歡呼，豆大的雨滴，擊打在屋簷上，在乾涸的夏季，怎麼聽都是美妙樂章。

是雨天？但剛才還豔陽高照，天刹那間陰暗下來，還帶著濕潮的水氣和涼意，不得不讚嘆老天的隨興和仁慈。

雨應該不大，玻璃上沒有水痕斑點，得睜大眼睛才能看見窗外飄過的雨絲，但似乎仍得有把傘，因為街就漉漉的反著光，且街上的行人都打著。

從高處看，一朵朵如蕈菇般風中搖曳，忽上忽下、忽左忽右，團團簇簇的染花了街頭，是個迷人的雨天。

從遠處看，根本看不清傘裡是誰，都緊緊遮著頭，因為除了雨還有些風，那一方各自獨立的圓弧，除了遮風避雨還給了靜思遐想的空間。

偶爾飄出裙角，有時邁出褲管，仔細觀察，分個男女大概沒問題；走路的步伐和鞋款也許年齡能猜個八九不離十；但猜心情就複雜了，看那奔跑蹦跳的，也許歡喜、也許興奮、也許激動、也許憤慨、也許趕著去打卡、也許急著見情人、更也許傷痛欲斷魂；而那拖拉踱步的，也許鬱悶、也許迷惘、也許陶醉、也許沉浸，但也許逃避見債主、也許約會等佳人、更也許纏綿通情話。

由傘的顏色看心情？看個性？看職業？可能但未必。從高處看，許多種顏色，許多種圖案，有單色、有混搭、有冷有暖，還有透明塑膠布的。那應該都是製傘賣傘的在傷腦筋吧。當然要迎合顧客的需要，因此會有凱蒂貓、小花點，總有特定族群捧場，看個性倒或有可能。

看心情就難了，畢竟不像襪子領帶，擺著供挑，傘一把用好久，什麼心情都是拎著走。我通常固定選黑傘，大方莊重、習以為常，正如誰說開黑車的就一定是老闆，就一定是不苟言笑的酷人。撐把黑傘，不也瀟灑湖海。

不過真急起來，還不是隨便抓了把就走，管它頂著的是紅橙黃綠藍靛紫，管他黑傘白傘，能擋雨的就是好傘。有時下樓，外面飄著雨，管理員隨意遞上一把，衝出門打開看到上面寫著「水岸一排、靜謐人生」，才知道是房屋仲介送的，不也招搖過市，輕安自在。

傘未必都準備好的，路途中也許突然一陣驟雨，大手、報紙、雜誌、書包都曾是那把小傘，傘未必要長得像那個樣，能遮雨的都算。但也看得出大家都先顧著頭，手濕了用力甩甩就好，頭濕了還真不好甩，尤其是架了副眼鏡的。

而生活中本多風雨，風雨苦寒無時恬，哪真有什麼風調雨順，各人有各人的苦，家家有難唸的經。風雨一來，有把小傘適時撐住就好，千萬抓緊。但如果手上多一把，何妨借出；如果傘大，何妨分享；即使傘小，何妨擠一擠。其實多半護住頭就好，頭又能占多大的地方，即使身子濕冷，心熱也就暖了。行有餘力是最大的福報，能為人遮風擋雨的才是好傘、才是強人。

享受？退休？

最討厭聽到什麼「好好享受退休生活」，有的還帶個愛心。完全是催吐劑，根本言語霸凌，到底是安慰還是揶揄？哪裡有愛啊？

誰退休了？什麼叫退休？好像是暗示可以遊手好閒只走山玩水的不幹正事了，好像人生只剩下陽光空氣水的閒情了，好像諸法皆空自由自在了。什麼叫享受生活？好像過去的都懵懵懂懂被虐或自虐得很痛苦，好像生活都無聊空乏得很糟蹋，別以己度人，我一直都很享受好嗎！

別提當年媽媽報錯戶口填錯身分證那檔事，隨便編個出生年月日你也當真？那不過是個數字。我的生活為何要因此被切割？即便無法抗拒，但生命的熱度與能量是自己決定的，請不要被個數字糾纏攪和。換個角度，你現在要我幹什麼不行，伏地挺身？仰臥起坐？跑三千？你簽完保密協定我就秀給你看。

也不過就頭髮白了些，皺紋多了些，沒聽過少年白嗎？跟你說去漂染過你也笑不停，難不成非染個紅色你才信。皺紋裡都是智慧你不懂，弄得臉平平嫩嫩的，一看就少不更事。沒歷練哪來的風霜，沒風霜哪來的褶皺。等你到了我這年齡，噢不！是到了我這境界，一定巴不得眼角裂紋、雙鬢飛霜，看起來就是沉穩有料。

當年離開軍旅叫退伍，歡送後掉兩滴眼淚，拿一堆琉璃、法藍瓷要我享受生活，還不第二天又上班，不過換個辦公室，換一批同事，照樣打拚得厲害。

換了新工作，準七點上班，明明比過去晚半小時，大家還說我早，說這年輕人這麼拚。這次我不過離開公職，大家又送行，到處準備衛生紙，暗椿緊緊張張的以為我一定唏哩花啦的泣不成聲，深怕漏接了迤邐成河。那是太不了解我，一滴淚也沒有。放心，我檢查過沒乾眼症，絕對不是有哭無淚，若嫁女兒你看我怎麼哭。但這會兒真哭不出來，有什麼好哭，明天不又來上班，還加一診。不過是換個精緻點的辦公室，還沒換同事。

人生什麼是享受得自個兒定義，我過得高高興興的，你疼惜什麼？我換個方式繼續玩，你安慰什麼？這會兒真冒火了。這樣刺激我還叫我享受？你就在旁邊別說風涼話，我做什麼你都說年紀輕輕的就這麼行，那我才能真正享受，別再說那幾個字，人家說像心被美工刀割著，你知道那有多痛嗎？不過生活的元素稍微調整，好好看我怎麼延續多采多姿的生活。

我本來不想寫的，是你三天兩頭的揭我瘡疤，噢不！也不能說是瘡疤，就是G點，激動的激好嗎！偏哪壺不開提哪壺，也不是不能提，只一壺上好香片被你說得像烏龍，逼著我非得跳出來說個分明。我的字典裡沒有退這個字，你不信，明天我送你一本，部首走之旁「辶」就只看到「進」這個字，告訴我什麼是退好嗎！那本有退的你就留著自個兒用。看清楚了，我會在快樂中前行還不斷創新貢獻。

如果你這會兒看了有糾結或悔意，對號入座前，千萬別往心裡去，歡喜就好。

靜思
淨斯
醫中有情

聖誕快樂

幾米的插畫，筆簡意賅，動人心弦。〈空氣朋友〉日前載於《聯合副刊》，腦海中立刻跳躍出我的節慶畫面。

夜診後就寢前匆匆走筆，粗枝大葉、野人獻曝。謹祝福大家平安健康、幸福美滿；摘星奪月、心想事成！

診間護理同仁，專業盡責、年輕活潑，常搜尋各式新潮口罩令人喜出望外。

上診前先拍照留念，再立馬換回，既順應眾人要求，也見證臺灣企業令人敬佩的巧思衝勁。謹祝福大家聖誕快樂、萬事如意；瘟疫速退、笑口常開！

法明
2020
1224

康乃馨

康乃馨（Carnation），聽來像是英翻中的名字，就輕鬆學了個英文單字。

康乃馨以及母親節的由來，書載上多歸功於美國女權人士安娜．賈維斯（Anna Jarvis）的推動，並於一九一四年由美國總統威爾遜正式將每年五月第二個禮拜天訂為母親節，且以安娜母親最喜歡的康乃馨花做為代表。安娜於一九二七年受訪時曾說，康乃馨的花瓣不會下垂，且緊緊擁抱著花芯，正如母親無微不至的呵護著孩子。

這一天，如果母親健在，就佩戴紅色，象徵祝福母親健康長壽；如果已逝，就佩戴白色，象徵對母親的哀悼思念；這是美國的傳統，也通行世界。

好奇康乃馨花是否亦有抗風濕療效，一些英文非官方期刊上述明有抗鬱、抗痙攣、利尿、抗風濕、抗肌肉痠痛等作用，唯未見科學的實驗過程或正式報告。

而中國古代母親節的代表花則是萱草。

傳說香椿長壽，用以象徵父親。《本草綱目》：香椿可以祛風解毒，椿葉可生髮。近代研究則認為椿葉（*Toona sinensis*）萃取物具抗氧化與抗病毒能力（《國際食品化學期刊》，*Food Chemistry*, 2007），甚至包括冠狀病毒（《民族藥理學雜誌》，*Journal of Ethnopharmacology*, 2008）。

而萱草（金針花）又稱忘憂草，用以象徵母親。《本草綱目》：萱草可除熱止渴，除憂和氣。萱草（*Hemerocallis fulva*, Daylily）在東方世界供食用或藥用已超過千年，金針花萃取物具強效抗氧化劑，可治療發炎、失眠、抑鬱和黃疸（《生命科學期刊》，*Life Sciences*, 2004、2020）。

「椿庭萱堂」即指父母雙親，「椿萱並茂」代表父母雙全。當然所謂藥用效果尤待更嚴謹的科學方法確認，好在既然可以食用，理論上至少應無大礙。

母親節，除了送上一株康乃馨或金針花聊表寸心，感謝茹苦含辛的母親，更重要的是，要在日常生活中做到曾子所言：「大孝尊親、其次弗辱、其下能養。」

在這個偉大的日子裡，祝福天下的母親平安健康、快樂無憂。今天，我也一如以往，要幫親愛的媽媽送上一朵美麗的紅色康乃馨。

豐美的年假

年假總有個幾天，早就企盼著，一直懷念又憧憬著過年，就是那溫馨團圓萬象更新的氛圍讓人期待。

既然不值班，總不好家裡蹲，受疫情影響，一直商量著去哪。想邀兩個年輕力壯的同行省心，兒子媳婦分別回應值班，一個初一四、一個初二三，這理由怎麼有些熟悉？去年自己不都還這麼講。聽說這好像叫什麼不是不報來著，當然還是要體恤，畢竟公務為重，也無可奈何，只能開始認真思量雙人自助旅遊。

讀了作家鍾女士刊在《聯合副刊》的文章，提到嘉義關子嶺紫雲殿，說那裡是結氣靈穴，大地理的會口，講得活靈活現的興致上來，就拍板定案了，總是走踏山水有益身心。

手機 App 說，棕九公車還有八分鐘到，她邊喊著邊按了電梯，挑著眉等我繫鞋帶，出了大門，她一路小跑步，還是年輕時的個性，也依然輕巧俐落，卻一晃已是三十餘個年頭。

到了車站，先掏出悠遊卡準備著，凡事豫則立，絕不能臨時手忙腳亂。突然發現手機沒帶，摸遍了口袋就是沒有。只剩四分鐘了，背包一甩，反正穿著球鞋，就埋頭往回衝。

手機還傻傻躺在桌上充電，賴著不想走，不跟著我，充再飽又怎樣。先賞個大白眼，再轉身向外衝。衝出門右轉，這方向是不會錯的，背後卻有急促的聲音喊著，沒時間理就繼續衝，但名字都被喊了只有停步回頭。不知道她從哪攔了輛計程車，開著門在另一邊等，大概是快來不及了，就鑽身入內。心裡想著，既然搭計程車，幹嘛這麼早起，還弄得緊張兮兮的。

初一清早，街上幾乎沒車，刷一下就到了高鐵站。看看跳表才百餘元，她卻掏了兩張紅色新鈔。司機有些遲疑，她喊了句新年快樂，就推著摸不著頭緒的我下車。知道她應是早準備好了，當然不能多言。記得她曾到便利超商買便當給街角乞食的老婦，還一直懊惱忘了附杯熱茶，就這份善良讓她始終無憂無慮。

記得那晚開放網路訂票，她老早就先聲明不准睡覺，手機備便還敦促演練，十一點五十，兩人緊張兮兮的上網搶購，自己擺了半天架式以為一馬當先，還是她先悠悠的說已訂到了。早知道這麼行，為何不讓我先睡。

嘉義下高鐵，先詢問服務臺，該怎麼去關子嶺較為便捷。回說年假期間公車班次少，計程車比較快。出廳門，豔陽高照，迎面一個著黑運動衣藍牛仔褲的壯碩漢子，戴副墨黑太陽眼鏡，像堵石牆擋住去路攔著問要去哪。去關子嶺啊。要開四十分鐘，行情價八百五十元。柔和細軟的聲音還真是人不可貌相，人生地不熟的，就算緣分，上車吧！

她一路興奮的左顧右盼，經過鄉間小路，細數兩旁好像兒時路邊的芒果樹；路過三代冰店興奮的招手；路過甕仔雞城，還打開車窗飄香。蜿蜒山路上側看車內專注的她，幾縷白髮卻仍一臉童稚，時光回溯當年，卻已攜手走過溫柔的歲月。

車上我多半沉默，偶爾落幾句臺語，表示在地；她則高興的和司機交談，下車前還和他，就是那位黑太陽眼鏡的，加 LINE，說可定位，萬一下山需要，一小時前通知即可。不愧藍領天后，出了內湖依然吃得開。人要如何才能如此隨和，我可是非誠匆擾的一直自我束縛著。

車一直開到紫雲殿入口，是一棟黃色兩層建築。樓下主殿中間供的是呂洞賓，樓上主殿中間供的是太上老君，左右兩邊分別是南斗星君和北斗星君。殿旁對聯是「紫氣東來函關傳道德」、「雲霞西去羊嶺煉丹砂」，對仗工整。上聯應是老子騎青牛西出函谷關，當地總兵見紫氣東來，認為是好兆頭，老子在此寫了《道德經》；下聯應是純陽呂祖洞賓，在川陝一帶得道煉丹砂，求除瘟疫與長生不老之術。道德與健康，確實是大家無時不追求的。

鍾女士文章中特別提到大殿有塊赭紅地磚是龍穴所在，站其上會天旋地轉。也許天色昏暗，怎麼看起來每塊都像赭紅，每塊又都不像。哪有拜廟一直盯著地看，又不是來尋寶查清潔，就向外走。

外頭是個寬闊的平臺，遠眺清朗，她站定一處，確定不是赭紅色的，突然說沒風怎麼有風，好像瞬間得道了，令人嫉羨；想也不過才練了幾天太極，就這麼敏感，這要我這號稱有先天氣功的面子擱哪。叫我試試，當然輸人不輸陣，站過去，站直，閉上眼睛，舌頂上顎，足開肩寬，氣沉丹田，當下感覺萬籟俱寂，身內一股氣旋，輕輕順著時鐘轉，一會兒再逆時鐘，舒服得不想動，好像還真有那麼回事。睜開眼睛，兩人相視一笑，看來穿鑿附會的功力已不相上下。殿裡一位執事看我們演得煞有其事，以為來了高人，自願引領我們看側院園裡的人面蜘蛛，結了厚網，朝露映著陽光，那幾張臉還真透著鬼魅奇幻。

下山好長一段路上都是枝幹粗大的桂樹，飄著甜沁心扉的花香，路邊草叢中隱雜一朵不起眼的白色薊花，晶瑩的水珠兒鑲嵌著，像極一顆璀璨奪目的鑽石，正守著一生一世的盟約。再來就上坡路，一直想叫暫停，但也不知停了後是該繼續還是回頭，偶停腳下來露出哀怨的神情，面對的卻是全然的無動於衷。這麼多年，看我沙場征戰，她始終氣定神閒，常就說個簡單結論，一定是你，也不知根據為何，卻還屢試不爽。知道多說無益，平時又早練就了一身，當然不是肌肉，是傲氣，怎能先揮舞白旗。好在路邊招牌上說兩公里外有個雲萊咖啡，其實路遠，但總算有個距離有了希望。一路避閃著後方疾馳而去的車，總算藉一杯拿鐵讓已打了鐵的腳停歇。

LINE 的定位發揮了作用，休息了半小時，司機已經在路邊等了。也沒別的辦法，公車根本沒看到一輛，這墨鏡大哥一邊開車一邊嘰哩呱啦的導遊，中途還買了列為景點的湖南臘肉，很快回到了高鐵站。

晚上在高雄旅館用餐，卻對影成五人。去年反正值班，還沒什麼感覺，今年初一就出來了，才想起三個兒子小時候，每年初一晚都住臺中全國飯店，為的就是那頓澎湃的自助晚餐，大家都好開心，覺得年過得扎實。

時光飛逝，兒子們長大得太快，都已各奔東西成家立業。坐在這心卻懸念著，想起圍著跑的過去，好像就在昨天。那無情的歲月，像微風拂過，卻只留下回憶和祝福。無論兩人、五人、七人、八人、將來更多人來到這個家庭，都會延伸一樣的愛，但心深縈繞的永遠有那難以忘懷的五人世界。

欸！清脆的聲音響起，她用叉子敲我面前的玻璃杯。吵到你啦？再去吃杯冰淇淋好嗎？要不要幫你帶一球？她歡愉的在那開懷暴食，把我由迷惘中拉回來。輕輕搖頭，笑著看她，笑看這豐美的年假。

豐美的年假（續）

知道應該是付了很不合理的房錢，當然過年期間本無可厚非。但到底多貴，現在都不知道，也不想問，因為知道了可能會睡不著，重要的是反正也已經付了。

早上起床，住房附早餐，給兩個選擇，二十樓西餐或二樓中餐。昨晚西餐吃到爆，商量後毫不猶豫的往二樓走，希望清淡些。但說好了這一餐要當三餐吃，省兩頓，這樣房錢或可能就變八折，至少心裡舒坦些。

一個梳辮子穿旅館制服的年輕女生笑笑的走過來，可能是打工的學生，居然要我們點主菜，這倒是稀奇，早餐還有主菜。菜單落落長，看得眼花繚亂。想清淡些，有肉字的都先排除，就點了排第一的龍蝦粥。點完後，她淡淡的說隔壁廳有自助餐檯請隨意，原來這層早餐是加開的，所以分兩個廳。

大碗粥裡還真有半隻龍蝦，隔壁自助餐其實也中西合璧。喝完稀飯和咖啡，吃到舉步維艱才結束，房錢應該八折了。到電梯口，問服務人員，附近有沒有水果行，她立刻手機聯絡，確定有營業，給了地址叫好車，送我們到門口，真是賓至如歸！

早上預劃的功課是坐高捷到左營看當年服役時的長官。那時才剛畢業兩年，突然宣布留在三總任職的也要去部隊一年，沒人講道理也沒什麼好討論，一句鏗鏘有力的「國家需要」就劃下句點。排第五個上臺抽籤，唸出來是左營海軍官校，硬送一個老臺北去國境之南。隻身坐臺鐵南下，拖著皮箱走在豔陽高照看不到盡頭的官校路。柏油路面反射著陽光，遠處像海市蜃樓飄浮著虛幻的影像，就這樣一個人伴一個影子的踽踽獨行，還真不知道何時才能回頭回家。

那已是幾十年前的事了，底子裡是陸軍，到了官校就得換上海軍服，夏天平日黃卡其，典禮時則是全白漿挺的大禮服，挺神氣的。我是兩條槓的中尉小醫官，負責官校門診，上午八點到下午三點，上身穿白色醫師服，診間有冷氣也有臥室，除了離家遠，是名副其實的上籤。因為中午不休息，所以三點就下班了。買了輛舊腳踏車，顏色是噴過漆的灰，丟路邊也不會有人撿，大概只剩鏈條是好的，沒事就騎著在軍區或大街小巷間閒逛，在數饅頭中度日子。

那時的官校校長，官拜中將，為人正直，甚為投緣。因為是三總出來的醫官，也備受禮遇。一年後歸建，他也不日退伍，但聯繫三十餘年從未中斷，也長期成為其醫療顧問。他年事已高，年前又罹患小中風，也有極輕微的失憶，這次利用假期去探視，帶盒水果，心情是踏實溫暖的。談了個把小時的當年和現在，他坐輪椅送我們到電梯口，梯廳的窗口可遠眺左營軍港，他每天一定出來曬太陽順便看軍艦，那是他的一生，一生的回憶和一生的驕傲。

午餐當然跳過，再坐高捷到岡山，吃得飽體力佳，就用走的，也免得計程車亂載亂開價。平日訓練有素，一個小時左右都還好，就是豔陽高照讓老皮嫩肉有些承受不住。天空還是空軍藍，連朵雲都沒有，當年由這裡的大紅門迎了親，即使老房改建，人去樓空，鄉里的呼喚相信依然是記憶中最溫柔的一塊。那些破瓦殘垣、野草枯樹居然映出臉上的光彩和眼中的晶瑩。我默默的陪著走，讓孺慕和思念在身邊繚繞。

由外圈走到中圈再逛到內圈，每一步都帶著鄉愁，也都有踏出後的輕快。街道旁一家服飾店，櫥窗裡展示一件橘綠相間的毛衣，一下吸引了我的目光，走進去想買了獻上兼回饋鄉里。居然開價一萬，沒得商量扭頭就走，店員追出來喊四折，精神一振

就再扭頭，看來逛這裡的店，脖子要先護好才轉得合拍。

也駐足在小街上的銀樓前，聽訴說陪媽媽買金飾的往事。看她手掌輕微蜷曲，應該是回溫當年牢牢的牽握。對面剛好一家咖啡館，十來個位子，我們選了臨窗的，看人來人往，夾雜著先人的音容腳步。一杯玫瑰拿鐵，靜靜的讓思緒調整、心情沉澱。陽光由窗框玻璃上灑入，也暖入心田，那是溫熱的午後。

當然還不餓，也不能餓，餓了房錢就會變九折。搭高捷換高鐵，返回臺北天色已黑，氣溫下降有些冷，但心是熱的。

一趟兩天的年假旅遊，非常滿足歡喜，明天去看媽媽，再約了兒子媳婦聚餐，嗯！人生是豐美富足的，只要你願意，量力而為想到就做。

人類與病毒的戰爭

人類是地球上最聰明的生物，江山一統已逾千年，若和異種發生戰爭，問誰會贏？異種戰爭？如果終須一戰，當然就要先摸清對手底細，打聽一下何方神聖，長什麼樣，是哪個量級，憑什麼耀武揚威的敢和人類作對？

問誰會贏？要問我這萬物之靈誰會贏？這應該是個笨問題。像個樣子的動物，不是烹煮了，就當個寵物被豢養著；像個樣子的植物，不是砍伐了，就做個盆栽被窩藏著；稀奇點的就設個園子圈著，人質都早先拘留了，這戰爭是要怎麼打？居然問誰會贏？

從捕蠅燈、黏蟑屋、老鼠夾、絆馬索、血滴子、刀劍、斧鑴、槍炮，到坦克、軍艦、飛機，乃至核武、雷射、電磁，百里之外取人首級都易如反掌，問我誰會贏？是有三頭六臂，還是不死金身的在這嚇唬人！

拳頭握緊，肌肉墳起，「有種像個男人站出來一決勝負！」人類高喊著，雄壯威武不可一世。

「早站出來啦，我們成群結隊正瞪著你呢！」病毒也咕噥著。是你視力不佳才渾然不覺，還戴著口罩在那色厲內荏的嚷嚷。

叫戰的異種是病毒？就是那最小的類生物？二十到兩百五十奈米丁點大，約髮絲直徑的千分之一。只有極簡結構，由一個核酸分子（DNA或RNA）與蛋白質構成的非細胞型態，就靠偷襲動物細胞再騙吃騙喝傳宗接代的物種？要比肌肉，甩根頭髮就應該制敵一千。

但看不見的敵人最可怕，戰爭早已開打，明明實力懸殊卻偏偏難分難解，迄今（二〇二一年六月），一點七五億人類已被侵入，失去了戰鬥力，在自我監禁中，還一不小心就無償的當了代理孕母；更有三百七十餘萬人類不幸陣亡。哇，看來這仗打得既不輕鬆也沒面子。

除了戰場上的傷亡，更有戰場外的巨大損失。許多人失業失學，不知所措。樓下火鍋店裡，就開一盞陰暗的燈伴兩個孤獨身影，老闆和老闆娘分坐門口兩桌，愁苦的盯著行人，思索著這門是該開還是關；旅遊業者，說是跑國際線的老鳥，卻中年失

業，因為飛不出去改國內線，卻想不出哪個行程可戴著口罩面罩保持社交距離室內五人室外十人的玩；百貨業的，說收入還不敷水電，嘴巴說歡迎光臨，卻門開愈久愈虧錢；美髮業的，採預約制，還全程戴口罩，是要怎麼洗頭做臉修鬢角；學校停課，補習班拉下鐵門，科技業一人得到（道）、雞犬升天。看來是百業蕭條，只有醫療加班過勞，殯葬的股票飆漲。看來這一仗還真面子裡子都輸。

但人類自盤古以來，還從沒真輸過。身為這一代人類的我們，總不能在未來的墓誌銘上刻個敗軍之將或一代冤魂。但如何才能反敗為勝？

戰爭是殘酷無情的，沒有炮火硝煙的無形戰爭，卻更令人坐立難安。摸不清楚狀況前，就只有先龜息沉潛、以靜制動。這些都是呼吸系統病毒，門窗當然要先關好，口鼻一遮，病毒就投靠無門，再宅家自修，等待援兵。

沒有特效藥，援兵端賴更高科技，人類的智慧很快弄清楚病毒基因序列，祖宗八代摸透，再用不同手法製造被閹過的病毒做成疫苗，送入人體，讓人類免疫系統預先辨識敵人的主要結構蛋白，製造專屬抗體，街頭巷尾貼滿病毒猙獰的照片，站滿身懷絕技的特勤隊員，即使病毒僥倖入侵，也一定被打得屍橫遍野。即使病毒不斷變種，仍然逃不過人類法眼，注定敗亡命運。

有了疫苗當壓箱寶，這一仗應該仍然是人類慘勝。疫苗等待的過程是令人煎熬的，就像在和生命賽跑，只有學習更容忍、更寬厚、更體諒、更規矩。等待期間，一定要盡力做到，不被俘虜、不為亡魂、不做孕母、謝絕造訪。這是人生的逗點，且讓我們將士用命、上下一心、同舟共濟、團結沉著，以健康坦然的心態，迎向不久將來最終的勝利。

面對生命

二〇二一年六月，新冠病毒在這片美麗的土地上，剎那間已奪走五百餘條生命，這數字驚魂動魄，更伴著一地的碎心和斷腸。

猝然的生離死別，猝然切斷了人與人之間的連結，許多的夢想、許多的抱負、許多的憧憬、許多的盼望、許多來不及的擁抱、許多說不出的心語、就在匆匆隔離中斷了天涯，來不及說再見，如同火化場裡的青煙，裊裊。

原來，說再見也會是奢侈。無論升官、發財、愛情、婚姻，再困難的事，都有奮力一搏的空間，都有轉圜圓夢的可能，唯有生命，無得預判，無得延展，無得商借，無得妥協。你甚至不知道明天，甚至不知道下一刻、下一分、下一秒，甚至會來不及說再見。

此刻，所有人都同意疫苗是終結災難的武器，卻望穿秋水。和病毒賽跑的過程，慢一步，或許就終結了今生；拖一下，或許就揮別了未來。疫苗不會理解人際，在糾結的關口，那是溺水者活命的繩索，不該那麼複雜，握住了或許還有明天，放手了就只剩昨天。無論如何，一切都得等有明天再說。

當然該有大是大非的考量，但對渺小的生命，那可是他的今生今世。大是大非與今生今世在天平的兩端起落。但對於生命，有什麼比自己的更重要？沒人知道還有沒有來生，還有沒有轉世的因緣，或許就這唯一的一趟，那些歷史的糾結對生命都只是雲煙。

如果知道下一個被索命的會是自己或摯愛的人，會不會有不同的思維，會不會跑快一點，還是仍然同樣執著的反覆推敲著文件並心甘情願的殉道。

往生者對城市、國家的愛或許不亞於任何人，或許粉身碎骨也在所不惜，或許也願意跳上去為大是大非擋那一槍，卻或許懊惱怎麼在莫名的矜持下遺憾的離去。

面對生命，一直是謙卑的，無從置喙，不敢違逆，因為那幾乎是天地間唯一無法操控的事情，是聖與凡的差距。

面對生命，始終讓人覺得無能為力。醫療生涯數十年，來來去去的，許多非親非故的生命仍深植於心，知道失去摯愛的撕心裂肺。當心電圖拉成一條直線，知道他一生的喜怒哀樂都已成為往事，一定有悔有憾，有愛有恨，但俱往矣！當白單蒙頭一蓋，這一生就畫下句點。不知道往者還有沒有留戀，留戀會徘徊多久。不知道生者還有沒有思念，思念能延續多久，但就像輕煙，裊裊升起，終將消逝得無影無蹤，從人間抹去。

十九世紀美國醫師卓魯度（Edward Livingston Trudeau）的墓碑上刻有："To cure sometimes, to relieve often, to comfort always." 醫學倫理課堂上，我會一再提醒學生，要能敬天愛人。再好的醫師，也只能治好少部分的疾病，唯常可減輕病人的痛苦，但卻須盡量要讓病人得到寬慰。對於生命，我們充滿敬畏，凡夫俗子能做的實在不多，能做的就當盡力而為。

上帝之手，是指阿根廷足球名星馬拉度納，在一九八六年英阿福克蘭群島戰爭的四年後，於墨西哥世界盃足球賽中，跳起來佯裝頭槌，卻似違規用手攻入擊敗英格蘭致勝的一球。一生認真行醫，或許也曾借手延壽，但敬天之心，與日俱增，當擁有那手的時候，就更應謹小慎微。

人什麼時候會學習謙卑，應該只有生死關頭，面對死亡的無情、無常，才發現自己的無能、無知。如果有機會救人於難，自當盡其在我，生命是至高無上的，不該牽拖其他。傷害生命，哪怕無意而為，無心之過，都已滿手血腥，汙漬蒙塵。面對生命，我們唯有盡力成全。

面對生命，必當嚴肅謹慎，只要不在疫情中突然被抓走，總有回憶人生的一天。期待屆時我們都能坦然說服自己，那些悲劇都與我毫無瓜葛，無一絲怠慢，無一絲愧疚，無一絲悔恨。

學習面對生命，面對自己，也面對他人，在生命前會更柔軟、更坦誠、更卑微、更敬服、更無私、更維護，因為每個人都只有一次。

美國醫學之父威廉・奧斯勒（William Osler）期勉後輩醫師的名言：「對於生命，我們只加一分自己之所能，絕不取一分自己之所欲，泰然無愧、泰然無懼、泰然無爭。」

而但願你我對生命的看法相同。

疫苗接種

新冠病毒疫情嚴峻，但門診還是得繼續，整個狀況撲朔迷離，也不知伊于胡底，看來是得有長期抗戰的準備，就決定打疫苗了。

填了黃卡（疫苗接種紀錄卡），量了血壓，好像要開始了，心頭卻有點不安穩的思緒混亂，好像總人云亦云的三心二意，其實是太多人好意經驗分享，又讀了一堆資料，反而亂了方寸。

一對同事夫婦說完全沒感覺，以為打了生理食鹽水；門診護理師卻手臂紅腫，差點要住院；另一位護理師說要等打完六小時才見真章，當晚燒得以為看不見明天；兒子說只要多喝水其實沒感覺。這樣天壤般的訊息，是要怎麼決定啊！但人生本不就在正負間找平衡做選擇。

其實還沒真想清楚就被要求捲袖子，當然此刻已無轉圜。每次打針總對不起左手，說右手還要做更偉大的事。這次卻還是派他，畢竟緊張時刻還是要找有經驗的。護理師當面抽了藥，確認是真品，再貼心換了好細的針頭，酒精消毒完，一陣涼意上心頭。「妳給我好好打噢！」講完心想不對，這當下利誘都來不及了還敢威脅，馬上笑著改口：「放輕鬆、放輕鬆、沒關係。」

人家臉上根本沒表情，其實是看不出表情。戴了頭套、N95口罩、塑膠面罩，這要是打狠了，連報仇都找不到冤家。

平常做人應該還好，入針沒感覺，護理師推得很慢，旁觀的看不下去，拚命催促喊加油，她們一定忘了自己是拋頭露面的，我都記得很清楚。不過才零點五毫升，吸口氣也就拔針結束了。感覺神經、肌肉、骨骼、瞳孔、汗腺、大腦、心臟都準備過了頭，根本一切如常。這會兒剛鬆了口氣，卻馬上被告知，其實好戲在後頭。

二〇二〇年二月十九日，疫情剛開始沒多久，美國德州大學奧斯汀分校和美國國家衛生研究院的團隊，就在《科學》雜誌（*Science*）發表新型冠狀病毒表面棘蛋白（spike protein）的3D分子結構，科學家發現棘蛋白是會附著並感染人類細胞的鑰匙，從而開啟了疫苗發展的一頁。

ＡＺ疫苗，則是由英國牛津大學和阿斯特捷利康（AstraZeneca）合作開發的新冠病毒疫苗。基本上是以低致病性且無法在人體複製的猿猴腺病毒載體，攜帶新冠病毒棘蛋白的ＤＮＡ，送入人體細胞後，合成新冠病毒的棘蛋白，呈現給人體的免疫系統，刺激後產生抗體。

因為疫苗只是取了鑰匙戲耍，病毒肉身沒進來，所以沒有致病力；但產生的抗體卻如掐住病毒的咽喉，或奪走它的鑰匙，讓病毒即使進入人體也投訴無門難以肆虐。人類與病毒的智慧顯然是有差距的，人類能以子之矛攻子之盾，讓病毒一路不要不要的；而病毒想擺脫追殺，就只能不斷的變種。

ＡＺ疫苗在涵蓋二點四萬人的第三期臨床試驗中，完成兩劑接種的保護力約百分之八十一（百分之六十至百分之九十一）。當然無論如何，萬一感染，重症的機會就少很多了。此疫苗並已通過世界衛生組織、歐盟及我國緊急授權使用。

注射處按壓一分鐘後領到黃牌，黃牌是在足球、手球、橄欖球、曲棍球運動中，對犯規球員的記名警告，意即在之後比賽中得小心翼翼的別再犯規，否則就紅牌出場。既然領了，回家後，當然就宅著哪也不去，拚命喝水等著它發作。

常見副作用包括發燒、畏寒、肌肉痛、頭痛、接種部位紅腫痛、疲倦、噁心、嘔吐、腹痛、關節痛、四肢疼痛、紅疹等。但因為一切都還好，就坐著寫文章，聽說年輕力壯的反應較大，我～我～我～我～我，居然沒什麼反應，一陣放鬆後的失落，幸好兒子也說沒反應，那就一定是基因好，適合打疫苗吧！當然還是有點疲倦，但想到只有年輕人才會有反應，這一高興就又生龍活虎起來。

明天當然還是要戴口罩、勤洗手、保持社交距離，第一劑四週後其實也只有約六成的保護力，當然不能掉以輕心。這場人類與病毒之戰，大家一定要齊心協力、區域聯防，保護自己更支援他人，我們一定會勝利。

省思

發生震驚全國的交通事故，令人感傷悲痛、情緒低盪，全國降半旗，心頭也降了半旗。

該負責的說要負責的等真相，繼續蹉跎，考驗凡夫悲憫的記憶，也迷惑俗子負責的真諦。其實真相只有一個，就是無法償還彌補的生離死別，扯其他對痛苦都太遙遠。說絕不戀棧，要處理後續。其實沒有能力決心的人，不如早睡，不處理還可能萬幸。

來往花蓮的路何其顛簸崎嶇，美麗的山海，留不住一抹關愛的雲彩，生命在轉輪手槍中飄蕩，安全回家就已是確幸。今天，就且駐足在家，默默的哀悼，並做生命的回顧與省思。

太魯閣四〇八次，出事的這班車，我也坐過幾次，其實就在一個月內，好像是一早去花蓮最方便的選擇。買了票劃了位子就決定了未來，只坐在那動都沒動就可能斷魂，誰知道轟然一聲何時發生，誰知道發生後會如何，睜開眼才知道世事如常，睜不開，就往事已矣。這才體認生命無常，一切在呼吸轉瞬間，無論還有多少夢想，留了多少牽掛，都天涯情斷。

那些無辜的靈魂，一定都還渴望著明天，想起已逝歌手薛岳的歌，〈如果還有明天〉。如果還有明天，你想怎樣裝扮你的臉，如果沒有明天，讓我們說再見。怕的是連說再見都沒有的明天。

因此認清，今天的重要，也只有把握當下，不斷提升充實白我，愛我所愛，行所當行，感恩惜福，助人為樂，才能讓生命更豐盛而有價值，才能過好每一天，才能在某天的轟然中少些遺憾。

生活中的點滴其實早已滙為江海，在生命中奔流，當永遠記得那些甜美的時光，感念曾經的美好。人生道路上要謹記虛心上進，“Stay hungry, stay foolish.”（求知若飢，虛心若愚。）體認自身的不足與渺小，不斷在萬事萬物中成長學習。

一切都是雲煙，數十載不過一瞬，不要迷茫在道路上以為不可一世，其實都是井底之蛙，因為天外有天。只有常回首來時路，才會恍然值得珍惜和感動的為何，才知道生命中到底留下了什麼珍貴。才知道到底還忘了感謝誰或思念什麼，才知道是不是吝於伸出援助的手，才知道也許沒有明天。

今天，我們仍在，要記得所有的美好，沉澱所有的美好，感恩所有的美好，付出所有的美好，在這個痛苦的時刻，獻上內心誠摯的祝福和感念。願生命中的每一天，盡其在我、助人為樂。

使君子

漫步巷弄，天空清朗，那奪目豔麗的花朵高掛著，像隨風漫舞著粉紅裙襬的淑女，搖曳生姿、窈窕奔放，應該是使君子花吧，難怪君子好逑。

想起了好萊塢金髮碧眼、烈燄紅脣的美豔女星瑪麗蓮．夢露風掀掩裙的經典畫面，也想起疫情期間不該群聚的違和，這團團簇簇美麗的花朵，依然浮映傳遞著感性與理性的衝擊。

為何有個這樣的名字？查閱維基百科，相傳是因為古代一位醫者「郭使君」，他善用此植物的果實來為小孩治病，後人為感念其人，乃以其名做為此植物之名，稱為使君子（*Combretum indicum*），當然實不可考。

使君子是一種攀緣狀藤本植物，順勢攀爬，在高處搖曳並綻放豔麗。《論語》子曰：「君子無所爭，必也射乎！揖讓而升，下而飲，其爭也君子。」君子並非真無所爭、無所攀，唯取之有道。

使君子有對生橢圓形葉，繖形花序開於枝端，由五瓣花瓣組成的小花，於夏季六至九月盛開，花期長且有色彩變化，通常黃昏開花，由初始的白色到第二天的粉，到第三天的紅；此外，花也由平展到垂掛，像個捲簾的小客棧，招蜂引蝶莫此為甚，目的則在授粉繁衍，一如世間男女，不也搔首弄姿，風情萬種的眉來眼去。

神農嚐百草，相信大自然間相生相剋的道理，一花一草，天生有用，世間的漂泊，只是在等個伯樂，也沒有誰能橫行霸道的囂張一世，總有個克制之道，漫天花草，哪有降不住的妖魔。根據《藥理學與植物化學研究雜誌》（*Journal of Pharmacognosy and Phytochemistry*）二〇一七年報告，使君子花、葉和種子中含有單寧、類黃酮、類固醇、醣、蛋白質、胺基酸、皂素和酚類。在古代，其種子攪碎可治療腹瀉、發燒；根可治療風濕；其藥性包括抗菌、抗氧化、抗發炎、降血糖、免疫調節等。中醫則大體將其歸類為驅蟲、健脾藥。

君子，於春秋時期為士大夫之統稱；儒家則認為君子應是「聖人之下，富有禮義規範的人」；《論語》謂：「君子有所為，有所不為；捨身取義；士不可不弘毅。」

使君子花，綻放牆頭，抬頭使君子，低頭馨香留。

風中奇緣
花間君子
法明

退後原來是向前

偶然又看到這句子，依然感覺虛幻，明明退後，為何說成向前？是像軍隊戰敗撤退時用個「轉進」來遮羞？還是魯蛇們的自我安慰詞？且戰且敗、且退且走，卻高喊向前。那若對方步步進逼，難道視為退後？當然，若是倒著走也就罷了！

查閱資料，這首詩「手把青秧插滿田，低頭便見水中天，身心清淨方為道，退後原來是向前」的出處，據說是彌勒祖師在耕種時所悟的偈語。

手把青秧插滿田。青秧的想像，可以是嫩苗、是青春、是純真、是善良、是初心、是憧憬、是夢想，植入一塊能滋養的土田、心田。尚青是無憂無慮、是赤子之心、是純真無邪、是反璞歸真。若插滿田且用心培育，當然可能開花結果，穗實纍纍。

低頭便見水中天。插秧當然得低頭，低頭反而可看到映在水中的天光雲影。抬頭的天遙遠無垠，虛幻縹渺；低頭的天近在咫尺，唾手可得。原來看天未必要抬頭，若要天光雲影共徘徊，也許低頭更近。

水中天，也可能是明心見性，審視自己的能力和自己的渴望。人最不容易做到的，就是低頭，尤其是有能力者的低頭、勝利者的低頭，能拋棄執著驕慢之心，把心沉靜下來，才能有另一番光景和收穫。當然這應該不是指低三下四的委曲求全，而是如報載李登輝先總統送給賴清德副總統的六字箴言：謙虛、冷靜、忍耐，以求行遠。

身心清淨方為道。也許是說事物的道理、面對的態度、解決的方法，只有身心清淨、不忮不求、無迷無惑時，才能清晰正確的面對、處理、放下。所謂「無欲則剛」，或清朝文學家紀曉嵐的先師陳伯崖的書聯「事能知足心常泰，人到無求品自高」。

退後原來是向前。插秧當然得邊插邊後退，才不致踩了前面，所以插秧時的退後其實是工作的向前。另一方面思索，偶爾失利，可能處於暫時的停滯退後，只要記取教訓，有悔有悟，就可以蓄積能量再向前進。行事也未必要　蹴可幾，每戰皆捷，只進不退，事實上也不可能；若真每戰皆捷必驕狂自大，終有兵敗山倒之時。

我們總以為只有拚命向前，才是進步：這首詩卻告訴我們，退後是向前的道理。當然應該不是一直後退並習以為常、引以為樂，而是退後時要有所思、有所變、有所儲、有所獲，所謂以退為進、退中有進，退後才是真向前，才原來是向前。

退後原來是向前
德明
218

婆媳

在《醫中有情》這本書裡，曾談到婆媳相處是千古難題，唯未多所著墨。身為人子、人夫、人父、人公，當然在診間、生活間都偶有觸動，雖家庭和樂，婆賢媳孝，仍大膽嘗試探討這個議題。

兩子已婚，兩個媳婦都乖巧可愛，相處融洽溫馨。多了兩個女生叫爸爸，自然晉級為公公，簡稱人公。換句話說，糟糠已具既為人媳亦為人婆兩種偉大角色，不知道是左右逢源還是左支右絀，熱眼旁觀，看角色衝突間的拿捏與平衡，咀嚼個中五味。

其實許多家庭和諧的關鍵，就在婆媳關係的處理，因為女人卯上了，絕對天長地久日月同光。男人多征戰沙場，常粗枝大葉、抓大放小；女人即便事業有成，家仍是她傳統上的固有疆域，再無可退，這中間的折衝就是學習、考驗、成長，和生活。

涵養胸襟小的，視為女人的戰爭，兩者根本天敵，是領土主權的爭議，當然寸土不讓，要讓就是修憲的層次，自然僵持難解。如妳也這樣看事情，抱著人云亦云的心態，以為千年祖傳，那自然就踩著別人錯誤的步伐，走在愚蠢衝突的道路上，且傷人傷己。其實戰爭與和平僅一線之間，也就一念之間。偏了就愈絞愈緊，正了就愈放愈開，而最能化解的元素應該就是愛、尊重與包容。

女生開口叫爸爸，這經驗嚮往已久還真沒有，當初乍聽之下一陣戰慄一股暖流，生女兒是沒轍了，因為號稱二分之一機會，卻已槓龜三次，心灰意冷，再拚下去，萬一又恭喜添丁，怕血壓飆破腦瓜。

當然有了媳婦兒總是愉悅的事，「就視同女兒，至少該像對兒子般對待。」這話我講得輕鬆又掏心，叫天下婆婆複述一遍，保證坑坑疤疤的全都嗆著噎著彷彿繞口令。別急著否認辯解，我先承認是小人之心，而且一定不包括妳這麼開闊的人。

婆媳鍾愛的目標，若都集中在同一個男生，其實是幸福的。但若偏執到不知進退、不能分享，就成為衝突之源。為人子又為人夫者既是關鍵，當然就不能裝聾作啞袖手旁觀，而必須運用被愛被寬容的優勢讓事情圓滿融合。

由婆婆立場看，兒子可是她十月懷胎再陣痛後的產物，根本心頭肉，抱著哄著摟著牽著，從牙牙學語就不斷被問世界上最美麗的女人是誰？老遠衝來，指著蹭著滾著摟著喊媽媽，因為那是他成長世界圍著轉的太陽。

好不容易拉拔長大到玉樹臨風，母親眼裡又看到那一道深情的凝視，卻怎麼也對不上去，兒子的目光望向遠方的另一個女子，那種胃酸逆流就不是普通藥物可以解決的，深層的痛楚是再也無法問誰是世界上最美麗的女人，你不能糊弄，因為還有另外一雙耳朵也在等答案，說錯了看看。你連想一下都是傷害，更何況你飄向遠方的眼睛已誠實的說出答案；你連聲音小一點都是傷害，因為小時候你都毫不猶豫的大聲喊著媽媽。媽媽眼裡揉不進砂粒，她的眼睛當然也循著兒子望向遠方，帶著哀怨、嫉妒和不甘。就這心情，要她如何維持風範！

由媳婦立場看，我愛的是眼前這個男人，以身相許的也是眼前這個男人，是他對我的保證和跟我的約定，約好了要白頭偕老，怎麼跳出個白頭，也想偕老；說好了要一生一世，為何攔擋個老身，硬要半世。這是什麼情況！當然抗拒。基本上是人性的衝突，兩個女人共有一個珍寶，難以相容。

因為新冠病毒疫情，每位門診病人都要職業調查評估風險，好多女性都填家管，寫得踏實沉穩，旁觀卻覺得心驚肉跳，原來家裡最大的職務早被把持了，她是家管，我們當然至多就只能是家丁、家閒、家被管了。幸好男人心胸寬大也沒在爭的。

但其實最怕的是問到一對婆媳都寫家管，或她們互相瞄到對方的答案，那事情就大條了。兩個女人都認為家是她在罩的，總得協調個總管吧！雙方會不斷試探，菜要不要蔥？湯要不要熱？窗要不要開？燈要不要關？看誰說了算。女兒若看不如意，門一甩悶著不出來，媽媽還要低聲下氣的敲門認錯；媳婦試試看，妳敢甩門我就貼封條，最好就別出來。

所以但有可能，真的不贊成兩個家管住一起，那是對人性殘酷的考驗，就像用石頭砸自己的腳，都淤血了斷了，還得不痛不痛的，哪有真心。這是領地的衝突，兩個女人難享一個屋簷。

婆媳關係當然也要看雙方的氣度和教養，而最重要的是時代的推演，正如父子般已朝朋友的路上躍進。當年老奶奶還在，七個兒子背後站一排，底氣就是不同，媳婦都小心翼翼的側身屈著，誰亂一下，另六對眼睛都瞪著，當然一旁的牽手也難免再補個白眼。但這年代早已遙遠，只能回味追憶。

等媽媽熬成婆婆的年代，糟糠進門，因為沒有領土糾紛，媽媽知書達禮，豁然大度的將小愛變大愛，糟糠也中規中矩，尤其自己謹小慎微的穿針引線，一直維持和睦關係，即使媽媽已輕微失智，仍不斷誇媳婦賢慧，孫子帶得好；糟糠也始終恭敬有禮，算是過了這關。

等糟糠當了婆婆，我當然更能體會她的痛，就是那幾個喊媽媽最美麗的已移情別戀，幸好雙方都有深厚堅定的愛。某天半夜，一個可能值班煎熬中，忘情的傳了簡訊：「媽媽我愛妳。」讓她暖到心坎，眼淚撲簌簌的流到天明，唯一做錯的是還把我拍醒，朦朧中明明為怎麼不是說爸爸酸悶，還得在微光中刻意露出欽羨的眼神喊讚。

這關係該要怎麼維護，基本上婆婆要清楚兒子長大了，他有了自己的天空和家庭，牽著線的風箏放不高遠，從小不也一直在教導他要有肩膀可以一肩扛起；也要認知和媳婦根本愛的是同一個人，為何要相互排斥而不讓他更從容多得，還得在兩個愛他的人中間為難，其實反而應該更愛能愛我所愛的人；更要認知媳婦也是別人家的寶貝女兒，嫁進來是愛兒子幫兒子的，當然不能虧待。婆婆對媳婦，就該誇讚鼓勵、絕不介入多嘴，只要愛兒子，就要像疼女兒一樣的疼她。

媳婦對婆婆，只有感謝、只有尊重，是多麼辛勞才能生養了這麼可愛的先生，偶爾撒撒嬌，密奏一下，只要愛先生，就要像愛媽媽一樣的愛她，畢竟她曾經且將會永遠毫無保留的愛自己愛的人。

兒子則必須要扮演好橋梁的角色，因為只有你幸運的得到兩份無怨無悔的愛，是兩邊都能容忍的，絕不會大水沖倒龍王廟；也只有你能牽起雙方，攜手結心的同行。

我喜歡看婆媳低聲交談、竊竊私語，尤其是交換生活經驗和分享如何助兒子一臂之力。那是信任和善良，尤其重要的是如果兩人有了共同祕密就是一國，兩個女人聯手，保證天下無敵。

良好的婆媳關係需要各方一起努力，婆婆要多想想過去的委屈無奈，己所不欲當然勿施於人；媳婦也要多想想未來的角色變換，依然是己所不欲勿施於人；兒子更要對兩個女人真誠的付出，大聲說出 I will always be with you，我永遠在妳身旁；而人公也不應閒著，不能袖手旁觀，沒做事也得多講道理，非講得大家服服貼貼、和和樂樂的，只要有愛，其實不難。

窗外

窗外，一抹藍白，這美麗的城市在氤氳中。是熟悉的，因為已讀它千百回；卻又有些陌生，因為彷彿停止了流動。

遠眺，空氣是凝結的，窒息的靜謐，像在烈火中悶燒的甕，因三級管制而惶惑的籠中鳥，振翅卻飛不高。

也許只是因為人在窗內，密閉中的空寂，細膩敏感的走心了；也許只是陽光太燥，空氣太悶，或僅僅只是反射出內在的不安和糾結。畢竟最美麗的風景是人，而人去城空。

臺灣本就是四面環海的島，被大洋的水不斷沖雕著，面積 36,193 平方公里，秀麗絕美；人口 2,357 萬，勤奮善良；密度是 651.23 人／平方公里，似乎不高，卻全球排名第十。而臺北市是 9,539.66人／平方公里，新北市是 1,962.29 人／平方公里。

也就是我的故鄉臺北，長寬各一千公尺的範圍內住了將近一萬人。這是什麼概念？一千公尺還跑得到吧？就是向東跑一千公尺，再向北跑一千公尺，再向西跑一千公尺，再向南跑一千公尺，回到原點圈個正方形的概念。重要的是每個正方形裡有近一萬人。

窗外遠眺，清曠遼闊，橫跨大半個臺北，或許還有部分新北。這個風華絕代、美不勝收的城市，原本熙來攘往、車水馬龍。病毒亂入，正如穿著白紗婀娜多姿的新娘，漫步街道，卻突然兜頭被潑了髒水或砸了花盆，整身的狼狽和無奈，只能暫時逃回屋內，驚魂未定的喘著。

一聲令下，人們爭相走避，成了空城，我站在高處，怵目驚心，因為這美麗的城市少了流連，也淡了風景。

少了流連，少了人與人的連結，卻多了猜忌驚恐和自然衍生的怨懟。當然無可厚非，因為敵人在幻化中，支援在醞釀中，而生命卻倒懸於困頓中。

疫情籠罩著，掃了興頭，動輒得咎，真的在驚恐不便中太久了。但生活起了皺紋，不能全賴著別人撫平，就小心翼翼的自己回頭熨整，在痛苦無奈中找尋生命的出路和成長。因為即使炮火四射、口水成河，也只是轟垮了信任和尊嚴，漫過了真理和善良，而留下的猜忌和裂痕終究無濟於心中的恐懼和缺損。

此刻，我們生活在這片土地上，面對異種的入侵，節節敗退，死傷慘重，但千萬別讓病毒趁虛而入的笑我們是宅家的魯蛇，只剩下牽拖埋怨。無論如何，這是世界級的危難，就先保護好自己，尊重專業，守望相助，再彼此打氣鼓勵。在等待疫苗的煎熬中，盡量平心靜氣，不要忘掉自己的責任，自己的夢想，自己的生活，和自己的信念。疫情過後，希望我們同在，而且都做好了復出的準備。

窗外，藍白迤邐，雲天暈染，奇幻的色彩和光影，交織著對這個城市溫柔的呵護和迷戀。其實恨與愛源自心靈同處，端看我們能不能柔軟敞開一些。或許我們無力改變世界，但可先改變強化自己。

遠眺，層巒疊翠，氣象萬千，靜謐中彷彿又看到溫暖的流動，是人性的善良和寬厚、勤奮和相惜，這美麗的城市，依舊動人。

我畫了三幅窗外，是三種心境的塗鴉，希望能有不同的觸動和省思！

奧運

喜歡看球后戴資穎的女單羽球比賽，尤其是八強賽對上泰國依瑟儂那場，看得目不轉睛、屏息凝神。兩人不但是好友且球路相近，刁鑽靈活，如精靈共舞。依瑟儂先拿下第一局，後兩局則皆被小戴以些微差距逆轉。輸球的依瑟儂，激動得緊抱著教練痛哭，令人動容。但四年努力的辛酸哪是一把眼淚可以沖淡，這裡面的酸甜苦辣可能也只有自己明白。

她在受訪時提到，比賽到了最後，與其說是比體力，比技術，更像是心理素質的競爭，但賽後她反而溫暖誠摯的鼓勵小戴能奮力奪冠。「揖讓而升，下而飲，其爭也君子」，真是最佳典範。雖然最後小戴僅以銀牌作收，但精湛至藝術境界的美技，已贏得所有對手的尊敬也深入人心。

而年僅十九歲的臺灣桌球好手林昀儒在男單銅牌戰中，經過激烈對戰，在連失三個賽末點後，以三比四敗給德國名將奧恰洛夫（Dimitrj Ovtcharov）。賽後，林昀儒仍冒著青春痘的臉上難掩失望，並自認輸在心態。隊友鄭怡靜也特別發文分享：「大家都認為你是神童，卻不知道你付出了多少努力，每天不是在球場就是在去訓練的路上。」技戰術大家都太清楚了，剩下就是意志力的比拚。而在高手過招的最高殿堂上，這就決定了勝負。

舉重女神郭婞淳在奧運五十九公斤級，為臺灣贏得首面金牌。報載來自原住民阿美族的她，出生時有臍帶繞頸的問題，因為倖存下來，家人就以諧音「婞淳」為名。她在單親家庭成長，沒見過親生父親，在嘲笑與窮困中由外婆帶大。她熱愛運動，並以體育獎學金及比賽獎金去承擔自己的學費。又謂其實她國中時代，最喜歡的運動是籃球和田徑，但在運動會接力賽中卻意外掉棒，自此緣斷。這一掉讓她轉戰舉重，反而大放異彩，舉起金牌，舉起榮耀，也舉起未來。

黃筱雯在女子五十一公斤級拳賽贏得銅牌，年幼時卻彷彿有著更混亂的人生。報載她從小父母離異，由阿公阿媽一手帶大，父親因為不良行為曾多次入獄，家庭更曾是她最大的陰影。一切卻在接觸拳擊後，有了全新的開始。如果不是拳擊，她可能人生陰暗；因為拳擊，她有了自己的天空，不但改變了自己的命運，改變了家庭的命運，甚至許多以她為偶像者的命運。父親更因受到她的激勵願以她為榜樣；她也以父親是永遠的靠山而引以為榮。

李智凱的鞍馬決賽，不斷高難度的「湯瑪士迴旋」如行雲流水，並贏得銀牌。對手之一的愛爾蘭選手則在動作中不幸落馬，轉播者說，高手過招還是要看臨場表現。李智凱苦練十九年，只為了四十五秒的燦爛，但也一下點燃了生命之光。他的人生有多少時間都擺盪在寬僅三十五公分的鞍馬上，但鞍馬也還以榮耀。

由奧運看人生，不止息的苦練、心理素質、心態、意志力、臨場表現，甚至命運，都是成功的重要因素。奧運四年一次，錯過了或許還有下次；但人生沒有四年一次的定律，錯過了或許就是永遠。若不喜歡輸的感覺，得標的途中就必須堅定。每個汗水、淚水交織的成功背後，其實都有辛酸不堪的故事，放棄很簡單，但唯有堅持才能繼續，才有可能在某一時刻綻放璀璨。

附圖所繪是南宋詩人楊萬里的詩作：「萬山不許一溪奔，攔得溪聲日夜喧，到得前頭山腳盡，堂堂溪水出前村。」只要努力，誰也擋不住。

萬山不許一溪奔、攔得溪聲日夜喧、到得前頭山腳盡
堂堂溪水出前村

父親

今天已是整整一週年，看著日曆一頁頁撕去，卻一直不覺得爸爸離開了，但他應該是真的離開了。

那天之後，每週返回老家就再也沒看到他了，是深層的傷疤，一層層的薄翳，輕輕觸碰都滲著血淚，不想揭開，就糊著掩著，但思念又一點點的逆襲著浮起。

很怕接半夜的電話，從來沒有喜訊，就像烏鴉不會披著白羽毛。走得那麼突然，他一定不想打擾我們，選在週五清晨四點半，手機刺耳的嗚嗚閃跳，就猜是惡耗。電話裡妹妹只說爸爸走了，已找了么么九送附近醫院太平間。套了衣服就跑，急駛而去，但我清楚快不過已離去的。

不知道有沒有痛苦，有沒有遺言，有沒有想找做醫師的兒子求救。是睡夢中嗎？但聽說有如廁；是安詳的走了，還是有掙扎？沒有任何交代，也問不出來了。能釋懷的是高齡九六，不能釋懷的是為何沒說再見，再握握我的手、摟摟我的肩、拍拍我的頭，告訴我沒有遺憾！爸爸不是不管你們了，只是去旅行。

是您親自送我去學醫的，送我到國防醫學院門口，揮完手我走了進去，為何不讓我做點什麼！只能杵立一旁，看著冰冷泛青的您，跟一般家屬一樣，只能哭泣。

我惶惑的看著那張蒼白凝結的臉，靜靜的停在那，一切是休止的！不必壓胸，無需喊叫，當然知道一切都過去了，只能輕聲低喃著叫著爸爸，淚水撲簌而下。我等到了早上六點半，再拜託轉到大醫院的太平間，那似乎是我唯一能做的，至少讓後事平順些。

助唸要八小時，期間跑去選了靈堂，在民權東路上，在二樓一個樓梯口，獨立一間，方便出入；也選了張穿西裝打領結的照片，那照片笑得燦爛，說是為了瞻仰。但為何掛牆上，為何是笑的，還燻著煙，供著兩把菊花，爸爸您下來好嗎！

然後淨身、移靈，選了日子等出殯。我平日很不願意走那段路，總繞道而行，因為一路上熙來攘往的都是穿黑衣或戴白花的，總怕擦身而過有些不吉利的沾染。但那天我平和的穿雜其中，因為我是來看爸爸的，這些房子裡擺著的都是路人的親人，路上滾動著濃郁的香火味和親情，淒風苦雨中是溫暖的。

我沒發公祭，再多褒揚祝禱也於事無補。雖然自動來了親友，在最後時刻陪伴著爸爸，點滴心頭。但我不知道自己做對還是做錯，過去我可能會問爸爸，到底應風光的送行，還是低調的不擾。我問不出來，我猶豫，還不停的問自己。我選擇低調，那應該是我們共同的個性。

火化後還撿了骨放在罈裡，怎麼是一小塊一小塊炭化了的呢！知道應該是離開了，但就是一直弄不清楚是否離開了，為何要離開會離開，我默默的哭，木然的看著這一切，找不到心情。

我捧著爸爸的骨灰，一炷香，沉默的坐車，好遠的路，沒有風景、沒有說話、沒有盡頭，好像一切都灰濛濛的，淡淡看著車來人往，全是模糊的，沒有視覺沒有記憶的一片空白。

葬在海邊墓穴裡，說是風水寶地，背山面海，但好孤單，只有浪濤聲和風聲，淒冷蕭瑟。爸爸單名一個濤字，也許注定了要和波濤為鄰，再等待來世。

是要第一排還是高處的穴？上面的居高臨下，但前排的寬敞遼闊。是您長眠之處，不禁猶豫。我擲了筊，先請您來，若您到了就聖筊，第一次就是，您根本一直在旁邊；再問是否同意第一排？又聖筊。連兩個聖筊，就落腳了，正如同您曾勉勵我，要坐就坐第一排不要擠在後面。

我們走了，說不回頭，就直直向外走，愈走愈遠，留下一罈灰在背後，留下了您，孤零零的，好冷好痛。

我好難過、好傷心，卻無能為力。少了一個世界上最愛我的人，一個尊敬信賴的人，一個心中的典範。另一個最愛我的媽媽，已逐漸失憶，我將孤獨的行走，還有誰能真誠教我，指引我東南西北。

爸爸教我正直、忠誠、愛家；教我勇敢、堅強、上進，他叫我一定要做好人。他是我人生的教練，也一直是粉絲。默默鼓勵著我，看我遇到挫折，就說健康重要；看我遇到機會，就說捨你其誰！我知道背後有雙大手，推動著我也保護著我。

明明還在家啊，那麼濃烈的感覺，他的聲音、眼神、笑容、蹺腳、喝茶、看報、爭辯、歷歷在目，九十六歲依然耳聰目明，身手矯健，但他卻不在了，走了。

媽媽說他常回來，他們有自己的默契。說他轉一轉，摸一摸，又走了，好像沒講什麼話，笑笑的，回到年輕模樣。報紙仍放在桌上，茶也泡著，但好像都沒有翻動。

我睡夢中也看到年輕的父親，跟我笑笑然後又笑笑的走了。我叫不出聲，但好想念。

我覺得自己變輕了，像片落葉，分不清是我在看落葉飄，還是我就是那片落葉。

在風中、雨中、火中、土中，墜入塵埃。往事如煙，如夢幻泡影，過往、今生。

很哀慟，一世親緣，塵世間就不會再見了。這份愛，已化為塵土，深、淺、濃、淡，都灰飛煙滅。

我沒寫過父親，他一直是我無法跨越的山，讓他輕輕的在心中埋藏，以免無休止的墜落。第一次失去愛我我愛，感到迷茫！在風中雨中！

而我開始變得愛去海邊，就無意識的往那開去，遠遠或近近的在迷濛間感覺著爸爸，即使已成灰燼，依然輕拂著我，像一條薄被，像一縷輕煙，依然在心中是我難以忘懷的思念。

即使過了一年，依然如同昨天，而今天我又來到海邊，在爸爸身邊，輕輕告訴他我深深的思念。

桑葉黃了

趁著清晨陽光還沒那麼熾烈，到露臺幫小魚池裡養的魚換水。兩週一次，每次總得一小時，算算有十來年了吧，從沒斷過；早晚各餵食一次，除非出差出國，也沒斷過，那是我每天再忙也做的工作。知道個性一定要慎始，也很自我節制，做事就是這樣，只要開始，就沒完沒了，惱人卻無法自拔。

一抬頭，桑葉黃了，比龍袍上的鵝黃淡一些。陽光映照著，卻格外鮮明，彷彿一夕間黃了少年頭。想起已是秋天了，地上很多落葉，但昨天記憶中仍是綠的，不知道季節給了它什麼訊號，讓它變色、飄零、墜落、化作春泥。

這露臺在十一樓，離地也有近四十公尺，因為在航道下有限制，在這一帶算是高的。清晨傍晚，鳥雀從各方經過，常在此駐足，可能飛累了，或看到有樹木聽到有水聲，不是睥睨萬方的高歌一曲，就是在石窪中飲水再順便洗個澡。每天嘰嘰喳喳的好不熱鬧。

這棵桑樹真不是我買的，我喜歡松樹、樟樹，陽剛氣十足，據說辟邪安宅，很少人會買棵桑樹吧。其實那盆子是舊的小魚池外面造景用的南方松木框，因為換了較大的魚池，淘汰捨不得丟就當成花臺，填了土種了幾棵竹子，喜歡它的高風亮節，和風吹竹葉沙沙的聲音。不知道怎麼著，那裡長出桑樹，應該是飛鳥銜了種籽，或是半途掉落、或是投桃報李、或是看準了風水才鬆口。但桑樹長得很快，主枝幹已經胳膊粗，不但和旁邊的竹子搶土爭水，嫩芽還拚命向中間擠，應該是為了避風兼搶陽光。但這兩天，明明有澆水，怎麼一夜間就黃了！

小時候，跟著流行養蠶，那時候沒有精緻的透明塑膠盒，都放在舊皮鞋盒裡，上面戳幾個洞通氣，下面鋪著桑葉。小學靠後門圍牆外有個阿婆，開個小攤子賣蠶也賣桑葉。我們下課就踩著防空洞上扒在牆頭上買蠶。幾乎人手一盒，快吐絲前蠶寶寶晶瑩剔透，然後絲盡成蛹，住在密不透風的白絲屋裡，那時候不知道她們腦子裡在想什麼。不知道快不快樂，有沒有擔心和憂愁。這些都只成了回憶，那時候照相機不普遍，什麼也沒有留下，想跟兒子們吹噓講古也沒個依據。

但買的桑葉哪夠吃，主要是口袋裡根本沒幾個銅板，尤其那蠶是分分秒秒的啃食著葉片，一片大葉子就窸窸窣窣的畫了一圈圈的紋，再消失殆盡的只殘留著桑香。於是哪裡有桑樹就成了朋友交心的貢品，那是多麼珍貴的當下，省下的銅板都成了友情的見證。

而今天，露臺上莫名的一棵大桑樹，換成當年，走在路上不知道有多搖擺。而今這要跟誰說啊！說了幹嘛啊！沒人會在意你家是否有棵桑樹，因為根本沒人養蠶。

它還結了小桑果，白滋滋的撒了幾點綠，應該青澀得很，沒敢摘了吃。這桑葉稱得上碩大，若拿來養蠶，可神了。但整片黃了，應該也就少了養分，就像米都黑了。

今天看到桑葉黃了，心中有感，秋天來了，應該是收穫的季節，就潛心等待，祝福大家一切圓滿如意。

淡水河畔觀音山

週末，驅車淡水，近河海交會口，風獵獵的吹，偶爾夾著口哨般的哼唱，不知是水流得急還是風趕得緊，拂動著的河面，波光瀲灩，難得沉浸離臺北最近的山河之中。

彼岸山巒連綿，是傳說中的觀音山，有十八連峰，為火成岩，遠眺山形，像一座觀音斜臥於淡水河畔而得名。淡淡的灰藍色，像水彩鈷藍混了焦赭，間雜著一個個微凸的灰白破口，不確定是墓穴還是房舍，反正古月照今塵，過往當下，古人今人，終是個躺平的處所。

波光粼粼，灰綠色深淺交雜，還不斷拍打著石岸。岸邊許多人排著隊，等著渡輪或遊船，等待出航。乘船行水是浪漫的，山巔海濱都是適合盟誓的地方，因風冷而依偎，靠近了，聲音低了，成了呢喃，就可以夢囈般的傾訴，刻在心底就成了永恆，就什麼都點頭了。

河上其實已有兩、三艘飛艇穿梭，船頭船舷有些破碎濺飛的浪花，不甘願的一路跳閃，船後拖曳著白尾，漸漸的細小了、泡沫了、散了，終至過水無痕。

幾對年輕情侶漫無目的的走著，手牽著，頭靠著，笑顏中憧憬著未來，風輕輕的吹，掀起裙襬和少女的心，長髮就飄啊飄的。

路上鋪著厚石板，邊角蹭著黑泥青苔，更發思古之幽情，百年前先人踏過的足跡，可曾還留下一粒沙。

天氣有些冷，但因為有陽光，行人有穿厚冬衣，戴著毛線帽，也有T恤短裙，還露著修長的腿。這迷人的下午，心情的冷暖調節了氣溫，感覺全都樂融融的。

幾棵碩大的老榕垂著深棕氣根，奮力向泥土垂降，在這河畔，她們守著日出日落，也看盡人來人往。街邊的阿婆鐵蛋，在熱鍋中翻滾，在冒泡中斑裂，已分不清是哪隻母雞的種。但濃郁的醬汁，是陳年老料，是它們陪著阿婆走過歲月，染黑了蛋卻白了少年頭。

單車在斑駁的石板路上顛簸，上下哄抬著年少的軀體和輕狂的心，在河風吹蕩中呼嘯而過，飄散著爽朗歡樂的笑語，那是我的曾經，充滿甜蜜回憶。

亞馬遜介入健康照護的省思

二〇二一年九月十八日在 MDLinx 網站上閱讀了一篇報導，標題是〈亞馬遜正如何吹皺健康照護的一池春水〉（How Amazon is working to disrupt healthcare）。毫無疑問，世界級的大科技公司在各領域中不斷狩獵著目標，以科技為本，強力染指各行各業，野心不僅跨界而且完全無界。企業擴展與專業維護間的拉扯格外發人深省。

渴望先立不敗之地再一鎚定江山的攻伐，當然就都朝著人類的不可或缺前進。食衣住行育樂是簡單的思考方向，總是圍繞著人類生活轉。電動車，代替人類行走少汙染的快腿，就是這個概念下鮮明的例子；另一個令高科技躍躍欲試的應該就是健康照護。沒人能否認健康的重要性，和電動車的不同在於，後者還勉強可以大眾運輸甚至走路取代；但沒有健康即失去一切，人終其一生無法斷離，也無從取代。健康是乘法的概念，健康歸零，一切也就歸零。健康照護領域提供了無限的挑戰和機會，大科技業莫不津津有味的垂涎欲滴，因為不但有利可圖，且可順勢轉型，引領風潮，幫助人類，若成功直可謂名利雙收。

亞馬遜是全球科技巨人之一，當然不會錯過健康照護這塊領域，多管齊下的大舉介入也就理所當然。眾所周知，由於新冠病毒疫情的影響，視訊成為上班、上課、會議的主流，醫療也被迫改變風貌。

以美國波士頓著名的哈佛醫學院教學醫院：布里根暨婦女醫院為例，門診的遠距醫療（telemedicine）使用，已由疫情前的不及百分之一突然衝破百分之七十（《哈佛商業評論》，*Harvard Business Review*, 2020.11），雖然是非常時期，也不禁讓人認真思考，如果再回到過去正常時期，到底可由遠距醫療解決的門診應該占多少比例，到底多少病人是需要擠到醫院來排隊就診。這種醫療行為與醫療需求的改變，勢必影響到後續醫護人力、醫院建築、醫療設備、醫療資訊，甚至保險的給付與分配。事實上，醫、病雙方乃至醫院、政府單位，都應預做思考規劃。

遠距醫療的優點在即時、在隔空，缺點當然就是少了人與人的接觸。因此，二○一九年亞馬遜眼光精準的率先提供了其西雅圖員工面對面的健康照護（In-person health care）的服務，以一間科技公司，能跳脫僅加強遠距服務的馬步，而有人文素養的涉入另一藍海，不得不肅然起敬，當然也許基本上仍是其手握的大數據在說話在引領。藉由所謂的亞馬遜照顧（Amazon Care）計畫，提供直接的醫護遞送服務（direct-care delivery service），他們並預劃於二〇二一年擴及至包括費城、波士頓、亞特蘭大、丹佛、芝加哥、休士頓、邁阿密、紐約、洛杉磯等十六個美國主要城市，可謂風起雲湧。當然如此一來即需更多的專業醫護投入。這些人力是專職或兼職？誰是老闆？發生醫療糾紛誰負責？如何像商品一樣有品管？如何保護隱私？當然就衍生許多目前還看不清楚或尚未面對的問題。

亞馬遜過去被認為是世界上最大的網際網路線上零售商，但如今不但延續霸業，更已成為強大的後勤物流、雲端技術和資料分析的公司。它的介入作為一定是看到了什麼樣的機會和需求。

亞馬遜早已跳過起初仍需借重且無法掌控的中間轉運商，藉由其龐大的後臺大數據，不但可依喜好，提供個人化的商品推薦和優惠，也可規劃最快速的路徑，讓貨物盡快送到消費者手中。這個成功的經驗讓他們可輕而易舉的轉手運用到健康照顧提供迅捷服務。

過去傳統的遠距醫療，似乎仍停留在方便性高的一種點綴性時尚，美國某些地區的特定會員已可於全日任何時間，在一分鐘內得到醫療協助，唯多僅能提供來自遠方不熟識醫師的單次診視（one-off visit）；在臺灣，則可能仍必須在特定時段內為之，並僅提供簡單診療。坦白說，救急救遠尚可，但若長此以往，總似隔靴搔癢的就是那樣遙不可及難以信賴的感覺。

亞馬遜一定有鑑於此，必須將「人與快速」結合，乃組織各個在地的醫師和護理人員，為會員提供成熟的居家照顧，一旦會員提出要求，即可得到熟悉臉孔快遞式的（UPS）醫療協助。雖然遠距醫療和家庭訪視都已行之多年，但亞馬遜的優勢更在於其後臺大數據、快速通路、龐大資源，和無遠弗屆的延展性。尤有甚者，遠距監控系統也是亞馬遜的技術專長，而 Alexa voice 智慧聲控語音助理（美國市占率最高）、健康穿戴裝置，都是整個群組的重要夥伴，編織成健康照護的綿密天網。

單就處方藥物而言，二〇一八年起，亞馬遜已有送藥到府的服務，並隨附清楚的用藥說明。亞馬遜最自豪的當然是其後臺的大數據資料管理和分析，因此可規劃會員更全面的健康諮詢和建議，包括飲食內容、維他命攝取，甚至非處方藥物等買一送多的加值服務。

但即使面對充滿能量與野心的巨人，健康照顧仍然因其複雜性與多變性而難以輕易被一種方式顛覆。因為醫療最重要的是安全、有效與實證，失之毫釐、謬以千里。即以科技公司最引以為傲的數據資料，包括藥物推薦的內容，因常來自教科書或藥廠仿單，可能會有過時或過頭的問題，亞馬遜等科技公司也因此需要不斷修正、更新、警示和緊張，畢竟人命關天。

或許未來科技的進步會超出目前的想像，當下人工智慧在醫療的發展即已令我們驚嘆不已，但這些變化都值得這一代或下一代醫者省思，並像科技公司一樣做出改變或轉型，嘗試如何運用科技進一步強化專業與醫病關係，才能在未來醫療中扮演主機的角色，而不只是顆螺絲釘。因為若仍像部冰冷老機器一樣的看診，自然終被機器取代，更千萬別像 Uber Eats 一樣的成為 Uber Doctors 在大街小巷中穿梭趕場。

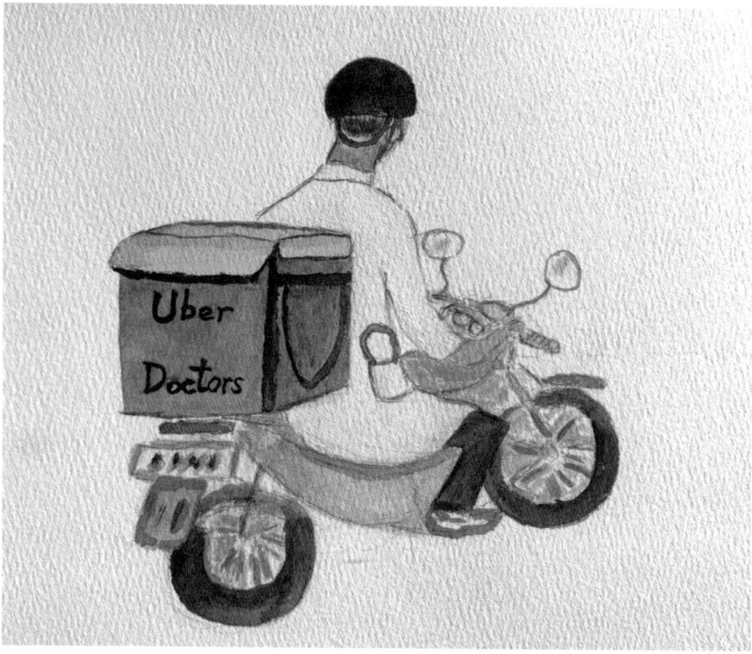
Uber
Doctors

電梯驚魂

進入醫院，一如往常，急急如律令，匆匆向前行。陽光灑落，一地斑斕，應該又是美好的一天，只略瞥了幾眼，卻已無暇瀏覽。走廊還是那麼擁擠，電梯也班班客滿，進入的人，臉全朝外，面容記不清楚了，但似乎冷漠中都帶著一絲僥倖和得意。

焦急中被人潮推向一個轉角，空著一臺清亮的小電梯，好像是載貨的，或是專用的，兩個小男孩先跑了進去，卻搆不著按鈕，自己隨後步入，按了樓層，但已記不得數字，也幫他們按了，模糊中不知為何，好像就只三個人。

電梯緩緩上升，一切如常；但突然間加速，居然過站不停，顯示樓層的燈光也瞬間消失了。電梯上上下下的，好像漂浮在雲霧中。根本來不及反應，頭腦卻仍清明，臨危不亂的按下每一樓層的鈕，避免急速墜落。

兩個小孩，根本看不清面容，拚命按紅燈按鈕，但沒有聲音，自己跟著按，卻好像著力在軟橡膠上，疲弱鬆軟的毫無反應。

小朋友當前，當然要冷靜以對，還好手機隨身，立即撥給祕書，但電話不通，想再找別人，浮起一堆名字，號碼卻一下子全亂了，模糊而且空白。電梯仍不斷上下移動，偶爾外面人聲鼎沸，剎那卻又寂靜無聲。

正繃緊了神經，不知所措的焦急到頂點，人卻瞬間滑了出來，和場景有了距離，好像在另一時空中觀看，當下知道是一場夢，頓時鬆了口氣，強撐著眼皮保持清醒，不能再回去了。

夢太真實了，不知道有無寓意，起床後，好奇的在 Safari 上輸入「夢見電梯故障」試圖解夢。

竟跳出來一長串：先是「表明最近的工作和生活遇到障礙」，警示要多加小心，心涼；再下面是「求職者夢見電梯故障：求職運氣走低，有情緒化的表現，一時不穩定的想法往往影響你的表現或最終決定」，心冷，令人沮喪。但再下一條是「男人夢見電梯故障：說明這段時間您的運氣穩步上升，不久之後財運和事業運都會轉好」，當場回溫。當然前面兩條絕對都是胡扯，只有這條是差強人意的正解。

哈，這樣南轅北轍的解夢真是撩人又療心，應該很多都是穿鑿附會，只是讓大家各取所需的求個皆大歡喜好激勵士氣。其實一切事態最終自己選擇、自己決定、自己面對、自己承擔，能坦然歡喜就好，真不需太在意得失進退。現實中也不過南柯一夢，人生本就在醒來睡去間度過，意義也就更無須深究了。

兒子的床單

在《醫中有情》一書中的〈離巢〉章，主持兒子婚禮後返家，驟見他床單上留下令我感傷的小皺摺，以為短時間就一直那樣了，前些天卻高興的迎回了小主人，肌膚熨貼下又平整了，床單平了。

那因主人不在而委屈無助的小皺摺中，原先鐵定盛滿了細微的灰塵和簇擁的蟎，這會兒，一定也隨著皺摺的消失而翩翩起舞，而浪跡天涯，誰還在乎，也沒得抱怨，畢竟是主人親身撫平釋放的。

婚後的兒子當然不該回家睡，雖然想念卻也寬心，一定是夠獨立而且順遂愉悅。突然被告知，晚上要回家睡，很驚喜，卻又擔心，是不是和媳婦鬧彆扭不愉快了，被趕了回來。

想太多了，兒子心寬念純，夫妻倆又情濃意合，哪來的那麼多事，重要的是還高高興興的帶了歡歡喜喜的媳婦回來。原來只是家裡排水管堵住了，下水道不通，只能回家暫住。

兒子、媳婦都上班，兩個年輕人都忙，修理的事就由媽媽負責。而媽媽心直手快，工人馬上約好了次日就修，還得當日修畢，當然也就只能是一夜了。

知道兒子因工作需要短暫遠地支援，終是恩愛夫妻的小別，離開溫馨小家，難免掛念、擔心，也難掩沮喪。

其實生命本就許多的無可奈何，迴避不了，就要學習坦然接受，順勢而行，扭扭捏捏不甘不願反而掃了興致且於事無補。

無論任何困境，避不開就先忍，學習德川家康的人生哲學，杜鵑鳥不叫怎麼辦？就等牠。但記得蟄伏中要有突破、要有收穫，火中取栗，冰中求鯉，別人或想等個笑話，以為主角一定悲從中來、自暴自棄，或發個莫名其妙的飆後得罪四方；但受苦的人偏偏要把它演成喜劇，讓看戲的人跌破眼鏡，以為走錯了棚子轉錯了臺。

因為逆風中依然前行、依然微笑，逆風久了，心境平和，反正向前，也就分不清楚到底是逆還是順。久了，觀眾不耐煩，就會相信你始終一帆風順，並不明就裡的順水推舟。

遇困則強，欣然面對，好壞都是生命的一部分，時間不會暫停或跳過，閃躲不掉，就頂風逆襲、迎頭痛擊。失敗的人總在漩渦中浮沉，成功的人就踩著浪頭，就怕他不起浪，因為一波波向上。

成功的人要耐得住折騰，把橫逆當養分，秉無敵的勇氣，磨練自己堅韌的毅力，等黑暗過去，就是光明，記得茁壯，好迎接柳暗花明。

床單平了，站在一旁，卻湧起莫名的念頭，又期盼它再出現皺摺，當然還是等待它的小主人，當然還是因為水管不通或停電，當然還是要兩個人一起回來。

花穿白袍

斗室窗開，飄香襲人，尋尋覓覓，見小露臺上白色的花朵綻放，上下爭豔，互吐芬芳。

桂花在上，香甜沁心，灌入蜜釀深濃的溫馨和悸動；七里香居下，濃郁撩人，漾出茶澀沉醉的氛圍和波濤。

一個直裡入心，一個橫裡裊繞；一個嬌柔，一個嗆霸；同樣潔淨無瑕、國色天香，但偏同時綻放，是因為一樣的時節、一樣的氣候、一樣的泥土、一樣的養分、一樣的盼望、一樣的期許，還只是不甘雌服的爭妍鬥麗，互不相讓的必須在上下間拚個高低、分個輸贏。

花穿白袍，清麗脫俗、芬芳宜人，是無色勝有色，是一白遮群豔。醫穿白袍，神聖純潔、風塵不染，是信任與權威，是無私與利他。

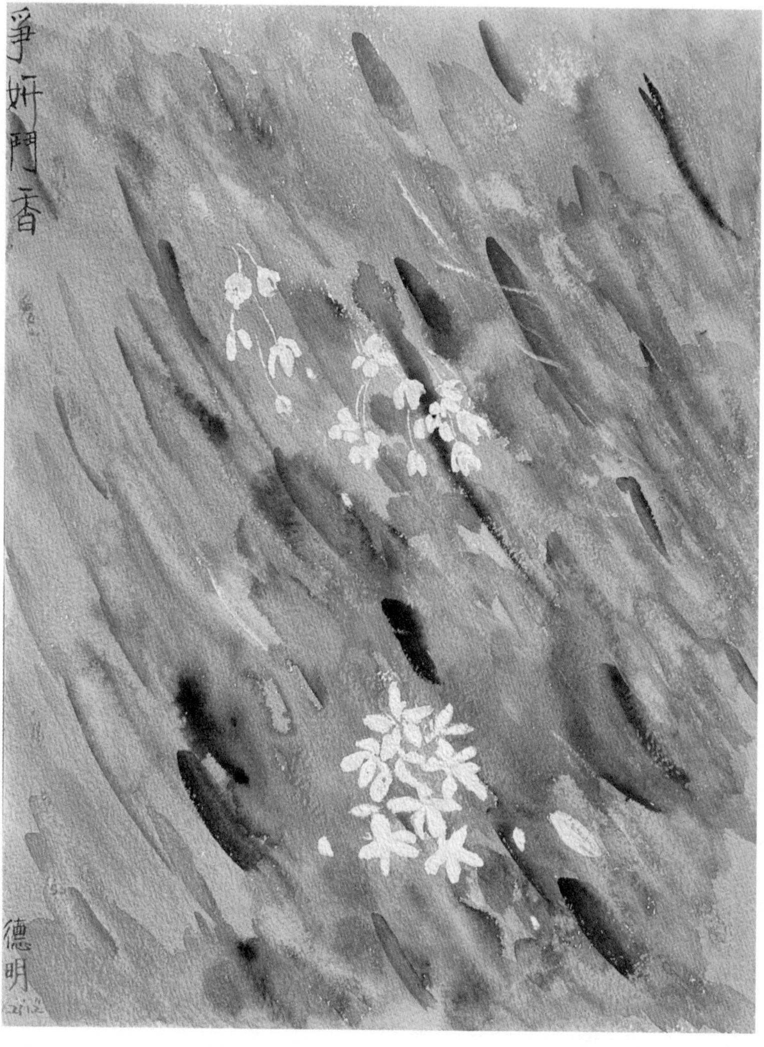
爭妍鬥香
德明

同時綻放，無可厚非、無從迴避，唯盼揖讓而升，下而飲，其爭也君子。

無論花朵、醫師，染了白，就應香人淑世，芬芳千古，翩翩逐晚風，煥爛一庭中。

雨中開車

一早在他處開了會，再趕往醫院，先到辦公室整理些資料再準備下午門診。這條路走過幾千個日子，以前有司機的時候，哪邊要慢哪邊該快，哪邊要開內線哪邊該搶外線，清清楚楚，眉角早已默記心中，感覺駕輕就熟，完全胸有成竹，只今天是個雨天，得靠自己。

雨水洗刷過的路面，潤澤晶亮，映著輕鬆的好心情，成功路口上高速公路，只有一些零碎的雨渣灑在窗前，偶爾點一下雨刷就乾乾淨淨的。到士林交流道下，只花了六分鐘，一路順暢，知道什麼叫風馳電掣了吧！愜意自得。

左轉承德路，飄著的雨倏忽變大，好像雨也認路，由雨刷運動的速度就知道，其實已經有些嘈雜的分神。雨珠沿窗邊兩條線流得急速，不知道是真怕擋了我的視線，還是在窗上溜滑得愉快，反正湍急得很。車子逐漸多了起來，也不知道從那裡冒出來的，都幾點了還在路上跑。

關卡是必須右轉石牌路，但得規規矩矩排著隊慢慢滑行，還得跟緊，提防擠在旁邊雙白線外一堆虎視眈眈的車突然插隊切入。許多小貨卡擋著視線，慢吞吞的走，根本不知道前面發生了什麼事，只能耐著性子，順著往前移動。已經三輪綠燈仍轉不過去，實在太慢了。我盯著窗前，灰濛濛的天像打坐僧人的袈裟，沒一個斑點一線皺摺，明明色空卻彷彿又有掏不盡的灰，望不斷的塵緣，和解不盡的禪機。

時間彷彿暫停了，像一堆被世界遺忘的呆子，坐在鐵殼裡淋著雨不知道意欲何方。竟閒到呆望著落下的雨珠出神，這顆和那顆落下的位置不同，大小一樣嗎？形狀一樣嗎？成分一樣嗎？命運一樣嗎？嗯！應該都不盡相同，空中的煙塵當然不會在試管中先調勻了再分配，一陣風吹來，也不知道那滴雨和這滴雨就結合了或吹散了，雜了誰混了誰，就叮叮咚咚的跌落下來，再莫名其妙的隨波而去，哪管得了東西南北。

好不容易完成右轉，開始在石牌路的兩線道上賭運。右手邊外線道都鄰著小商店，早上補貨的小貨卡無預警的靠邊就停，國小前還有送小孩的、買早餐的臨停，一路迎接的是不斷的雙閃燈；而左手邊內線道，別以為就可長驅直行，十字路口前突然閃個左轉燈，硬是全線卡住。車子不得已在兩線間忽左忽右的進出，還間雜著穿梭在

兩旁拐來扭去的摩托車。幸好反應快性子穩，硬是能夾縫中生存還不斷前進，但混到醫院前也已著實開了三十分鐘。

好不容易左轉進了停車場，抖落水氣也鬆了口氣，就在辦公室正下方了，地點對了磁場對了，氣定神閒的令人寬心，回家的感覺真是不一樣。

但今天停車場的擁擠正印證了街道上的雜亂，才下點雨，大家就捨棄了走路也不搭大眾交通工具，一窩蜂開車來就是個爆棚的狀況。好不容易試了兩個空位，方向盤不知轉了多少圈才喬好停妥，但一番查看，才發現不是旁邊的上不了車，就是自己下不去，就這樣進進退退繞著圈子尋覓，費九牛二虎之力，磨掉好幾層輪胎皮，才勉強覓空停妥，還要默唸左左右的口號，深怕回程找不到車，看看又耗了二十分鐘，垂頭喪氣的進入電梯，一身困乏，今天根本啥事都別做了。

許多事會虎頭蛇尾，許多事常喜出望外，許多事會後發先至，但也有許多事常出人意表。人生就這麼好玩，你快按捺不住了，它就放你一條生路，一溜煙也就跑了；你太安逸隨興，它就綑仙繩層層綁著，叫你不要不要的告饒。唯既然凡事算計不得，也就只能隨遇而安、苦中作樂的愉快前行。

今天，這個自己開車的雨天，動心忍性，仍然收穫滿滿，就聚氣凝神的專心等待下午門診，等待它的精采展開吧！

破洞是眼睛

週末中午，巷口小館，點一碗五十元麻醬麵果腹，故意虐待一下，其實是存了本錢留了額度，晚上當然得報復性補償。

還想吃麵食，嚼起來有飽足感，熱湯下去，五臟六腑都燒的，細胞全活跳跳。有點貪心，但又有點擔心，畢竟澱粉熱量高，就走遠路去家餐館，想暴食完再走路回家應該相抵，想到就一路笑著自己的聰明好主意。

餐館內爆棚，明明疫情還沒平息，怎麼高朋滿座。未訂位，只能將就著坐門口櫃臺邊，反正食物不認座位，坐哪都一樣好吃，就點了菜喝著免費的熱茶等待。

玻璃電動門拉開，夾著一股冷風，進來一對時髦母女。年輕媽媽穿著合身的黑呢長大衣，抱著白毛衣的可愛小女孩，小女孩也沒閒著，緊抱著一個花布娃娃。年輕媽媽身材苗條，但為母則強，應該是生完才練出雙臂神力，當年在家可能連拿個抹布的

力量都沒有，現在單手就能撐十公斤。看來也沒訂位，坐的比我還門口，和我相距約一百五十公分，離門大約剩五百公分。將小女兒抱上安全椅安置好。背對著我，她緩緩脫掉大衣。

我吸了口氣，難以置信，這衣服一定哪裡不對，怎麼背上有個大洞，揉揉眼睛，沒看錯。這破洞省下的線絕對可織一條長圍巾，但它有整齊的車邊，應該不是洗破的，也不是套頭的位置，更不可能前後穿反。這麼冷的天氣，想不通設計理念，更想不通怎麼會有人買了穿。年輕媽媽沒回頭，就用背看著我，看得背脊發涼。

這破洞讓我想起女媧補天的神話，相傳遠古時代，天破了洞塌陷下來，女媧神不忍生靈受災，於是煉五色石補好天空，萬靈始得以安居。也許該找個五色線補上去，會暖和些，或也能讓萬靈安心。

我和那可愛小女孩成了朋友，她不時轉頭迎著我的笑看著我笑，再對著媽媽笑，年輕媽媽也對著她笑，忍不住畫了幾筆局部背影。她們很快吃完，年輕媽媽優雅的穿上黑大衣，單手抱起小女孩，頭也不回，笑著跟女孩說，說 bye bye，小女孩咧開嘴，稚氣的笑著跟我揮手。非常的驚喜開心，讓我深信那背後的破洞是眼睛，原來溫暖與善念是背後也看得見的。

新年快樂：虎年行大運

牛年，步履蹣跚，疫情下的身心，因阻隔和恐懼而跌宕糾結、惶惑不安。伴著無限的鬱悶和無盡的哀愁，尤其是心的失落、情的煎熬、事的壓迫、錢的困窘，直如驚濤拍岸，捲起千堆雪。

口罩覆蓋了自己也遮掩了對方，社交距離、實名登記、酒精洗手、行動條碼、體溫監測、自主管理、實體隔離、防疫旅館，我們是經歷了怎樣防人防己、防不勝防的一年。防範與屏距造成冷漠和戒心、退避和疏離，但值得慶幸，畢竟我們已安然走過。

虎年，虎嘯風生，萬象更新，萬獸之王勇猛出柙，定能威震八方、力鎮病毒、扭轉乾坤、一掃陰霾。

新的一年裡，讓我們敞開心扉、熱情奔放；保持衛生觀念，回復正常生活；以一顆溫熱的心，助人育己，造福社會。歲月不會停留，生命緩緩老去，是不是還有很多事沒做完？是不是還有很多人沒感謝？是不是還有很多結沒解開？嘗試清一清心底，掏一掏心湖，注入源頭活水，繼續人正、心正、正能量的人生，持續孕築夢想，堅定踏實前進，迎接嶄新的一年。

除夕夜，向大家拜年，除舊布新，澄心靜思，自畫的老虎，請大家指正。

祝福大家身體健康、災病遠離、好事連連、心想事成、萬事亨通、吉祥如意、新年快樂，虎年行大運。

萬事如意
新年快樂
行大運
2022
德明

抽籤記

被告知下午兩點要去抽籤，其實兩個禮拜前家裡就開始瀰漫著一股焦躁。中午草草吃了過年剩的米糕，下午一點半按表訂時間出發，緊張時刻照著做就對了，千萬別多話而橫生枝節。

下雨天，附近好不容易找到停車場。停好車，撐傘過很寬的中坡北路，腳抬起來，睜大眼睛，還是有找不到乾處落下的時候，踩著淺淺水窪，水漬卻深深浸入鞋襪，濕漉漉的沉重。但這般的狼狽，適足以展現碧血丹心堅定為侶的赤誠。

抽籤地點在八德路四段路口的市民活動中心，一點五十大傘送到門口，看著掃完QR Code，量完體溫後進去前，扎實接到可以走了的眼神，才轉身離去。有偶包的人這抽籤場合實在違和，能閃則閃，就一個人想辦法在附近溜達。

過一會兒，傳簡訊來：「要兩點半才開始，已到五十人，有四十四個機會。」

啥！中籤率高達百分之八十八還有什麼好擔心的？就在廊簷下角落裡避雨兼低頭寫文章。一會兒又接簡訊：「三點才剛開始把籤條投入箱子，但應該快了。」門口附近已站了超過一小時，真有些難耐。約半小時後看到陸續有人出來，有的歡欣鼓舞，有的垂頭喪氣。是什麼籤這麼重要？

好久好久以後，才看到身影出來，絕對最後墊底。原來是身分證要兩份影本，我們這廂只準備一份，閃到旁邊去印，當然重新排隊。其實也不必排了，反正壓軸。

硬是站了近兩個小時，一肚子火還要強堆笑臉，畢竟人家可是拋頭露面犧牲色相進去抽籤的，不敢進去的只有閉嘴。幸好，是跳著出來的，應該是抽中了。這麼大陣仗，這麼雀躍興奮，千萬別以為是抽中大樂透還是股票金飾汽車房地產。

到底是抽什麼籤啊？原來是臺北市保母訓練班在抽上課資格。難怪全是阿媽級的在那萬頭攢動。

時代變了，年輕人要上班，照顧小孩就落在老一輩身上。當年也許我行我素胡作非為的就養大了兒子，但要養兒子的兒子，可不是自己說了算，就得先乖乖上課學SOP。上完課，給兒子、媳婦驗完證照才勉強榮獲帶孫子的資格，不但心甘情願，還屁顛屁顛得意得很。

抽完籤先繳錢，再週六、日各八小時，上滿一百二十八小時的課，結業後發給證明，並獲得參加國家考試的資格，通過後才發證照，成為職業級保母。這麼扎實辛苦，居然還僧多粥少的要抽籤上課，實在匪夷所思。據說還是阿媽們互別苗頭的法寶。拿證照既然不是出去和別人搶飯碗，大概就是為了走路有風、心裡踏實，也免得誤人子弟。

明明是勞苦服務的差事，卻看那抽中高興的樣子，知道也只有給兒孫效勞才能有如此深獲榮寵的興奮。好在凡事願打願挨，既然人家阿媽高興，我們樂得一旁偷閒，這時喊加油喊讚的聲音就不能小了。

不必查辭典噢！阿媽就是祖母、奶奶。其實叫外婆又怎樣？誰會因為有個外就見外了，就減了親情斷了血緣。那外子內人不也麻煩了。女性介紹先生，這是外子，難不成聽的人就會覺得好疏遠噢，一定感情不好，好見外噢，這樣不公平。那為了一視同仁，是否應該再提案改成內子內人、或外子外人才平等。真像阿媽考執照，就閒閒無代誌。

不過反正抽到籤了，今天外子表現也還可以，雨中枯等兩小時，沒功勞也有苦勞，晚上應該有餐可口的，就高高興興的打道回府吧！

旗魚米粉湯

一位巷弄美食家在雜誌上推薦迪化街的小吃，食物經文字烹調，頓時色香味俱全。好奇心驅使下垂涎欲滴，於是利用週末下午，預劃先到大稻埕碼頭河邊，看夕陽餘暉，再啖懷舊經濟美食。

擔心市民高架道塞車，規矩的沿民權東路西行，落日橘球迎面而來，就掛在車窗下一點點，遮陽板也擋不住，只感覺灼熱刺眼，還不時得舉左手遮天。

時間有點趕，急速的停妥車，站在堤防牆外，看著濃豔的橙橘漸漸褪了光彩，只能加快腳步追著餘暉，沿著人行道疾行。落日是一格格的垂降，像搭著手扶梯離開，我卻仍得在對街焦急的等九十秒的紅綠燈，寸步難移。站在街心的高瘦義交一定看多了這樣行色匆匆的人，就直直盯著我的白色球鞋，其實應該是盯著我的腳，感覺千斤壓力，硬是不敢抬起來闖紅燈。

燈綠了，他又轉頭去看紅燈那邊的腳，這才急踩過斑馬線，進入對街的大稻埕碼頭。很美的水岸風景，可惜卻只剩下淡橘色漂染著屋脊背，太陽早就躲到地球背後，硬是一二三木頭人，不給看。

才半小時功夫，天就黑了下來，岸邊商家的小燈泡瞬間燃亮，飄著咖啡香，也浮起一股慵懶，帶著巴黎左岸的風采。眼睛沒飽，肚子當然很快餓了，往迪化街走，沿途許多廟宇也熄燈掩門，天界人間都是要休息的。好奇密集的中藥老鋪，燈火通明、門庭若市，不但是燕窩魚翅，玻璃罐裡還裝著滿滿伊朗來的乾燥紅玫瑰、金盞花，不知道買了是泡茶還是入菜，卻足以讓西醫自省對自然療法的輕忽。

小吃店在永樂市場外面路邊，連著四、五家，都標榜老字號，髒舊也就算了，對那個「老」字卻特別感覺扎眼。狹窄店面基本上就只是個廚房，外面地上露天散擺著塑膠矮桌，大家就隨意圍坐而食。先在街角第一家吃了臭豆腐，跳過第二家土魠魚湯，再以老饕姿態直搗黃龍的在第三家併桌叫了旗魚米粉湯。

右手邊是一對夫婦，老一點；左手邊是一對男女，年輕些。六個人圍一公尺直徑小圓桌，桌矮椅窄，大家都直挺挺的展現著不凡的腰力，像狐獴一樣探頭探腦。老夫婦低著頭，只有蛋炒飯上來時，我禁不住說好香，女士側眸一笑輕微點頭。左手邊男女，其實看不出關係，應該只是男女朋友，因為對話中好像並不住一起。女生眼睛很大，但有些妖嬈，男士中年肥，戴個黑框眼鏡低著頭，根本看不到五官。其實並不想探人隱私，只方圓一公尺內，確實仍耳聰目明。

好像七點以後就不供應旗魚湯，我們到的時間有點尷尬，老闆還是接單了，只是先忙著炒菜。左右兩對都各叫了四道菜，但老夫婦這邊先上了，應該是最早來，可能被四雙眼睛瞪著有點不好意思，就悶著頭吃，彷彿一切盡在不言中。

跟著上年輕男女的菜，一盤烤魚，烏漆墨黑的根本看不清楚，未料年輕男士眼力好，低沉著聲音說：「我不要加白胡椒粉。」這下尷尬了，應該早撒了煎魚一身，現在是要怎麼不要。老闆有些為難，充滿疑惑遲疑的整盤端起。這麼小的店，連個拉簾都沒有，電扇？吹風機？扇子？還是要轉身用嘴吹？正準備乾脆我要了好解圍，女生卻出手了，眉毛挑高斜瞪著，聲調明顯不悅：「為什麼不要？」就五個字，擲地有聲。男士眼鏡一推，頭垂著沒講話，這明顯不是講為什麼的場合。老闆左右各看一眼，確認了男方弱勢，盤子又緩緩放了下去，還微微靠近女方。

終於，熱騰騰、白花花的兩碗米粉送來了，雖然湯鮮味美，但比起隔鄰兩個四盤顯得有些寒酸。未料年輕女生又發話了：「這裡最有名的是旗魚米粉湯，你點那麼多菜幹嘛？」天啊，這是在找碴了吧！同桌六人就她一個頭揚得老高，其他四人都深深埋著，另剩下我是先斜揚起湊完熱鬧，再迅速低頭喝湯。

這氣氛場面都有些難處理，但湯實在好喝，還是急速喝個碗底朝天，趕忙起身，總得給別人留些顏面多點空間。站起來才發現後面早插了一排人在等位子，只能期盼坐下來的人就別再點旗魚米粉湯做連續劇了。

父耶子系

前陣子，媳婦隱約透露，覺得倦怠、胃口不佳。老醫師了，其實猜得出來；老醫師了，也知道不要亂猜，人家要說就會說，絕不逞能先知。

過些天，吃飯時，兒子喜孜孜的說有了。還佯裝先掃一眼他那一團和氣微凸的小腹，再故做恍然大悟，彷彿天降甘霖般的回到正主，一副宗全狀況外的感謝媳婦。

回家就立刻照鏡子，一喜一憂，喜的當然是生命有了嶄新意義，優質基因得以繁衍傳承；憂的則是「爺爺」這名號的無情打擊，那印象中拄著枴杖的白鬍老怪，怎麼跟自己有了連結。除了我孫，誰叫爺爺試試！

畢竟這生命帶著所有恩典而來，十個月前投胎了。既然來了，我們當然展臂歡迎。是他修了幾輩子，眾裡尋他千百回的找到這個家庭，投靠了我們；還是我們修了幾輩子，燈火闌珊處一回眸的接到這個孩子，擁有了他。無論如何，喜事。

德明

懷孕過程，兒子在澎湖服勤，每週僅週末回來探望，孫子都乖乖的伴著媽媽，讓媳婦孕程裡幾乎沒有驚擾。跟著媽媽上下班，在疫情中靜靜的成長。只有兩次演習，半夜媳婦因宮縮急電，全家動員，卻都虛驚一場。相信孫子心裡有數，如果亂來，爸爸會不高興。

兒子從未錯過一個週末，每週在天空之上，盼望著安全回家陪一對心愛的母子，回程中雀躍興奮，去程中又沮喪低盪，都看在眼裡，也只能默默祝禱健康平安，知道他對兒子的疼愛，而我又何嘗不是。

預產期七月九日，七月七日上午開始引產，兒子晚上趕回來剛好。速度快快慢慢，大家都擔心一下出來了，爸爸還沒回來。媳婦打了止痛針，忍耐著，盼望著三人行。

我飛車由松機接兒子回醫院，沒看他那麼躁急過，對擋路的人車紅燈，一路喊打喊殺。自己只能充耳不聞，沉住氣專心開車，八分鐘趕到，一個小時後推入產房，知道孫子乖，一定要等到爸爸回來。

晚上九時餘，孫子問世，兒子由產科醫師接過，親手抱著，由產臺走向一旁待命的兒科醫師，才兩步之遙，兒子說，感覺好幸福、好滿足、好愛他。這剎那，他說願意放棄所有，即使生命，且千金不換。

因為是自然生產，在產房外等著被恭喜，卻一個小時沒出來，漸漸心揪起來。詢問後才知道，長假歸來的兒科醫師略有疏慢，他沒有哭著來到人間，嗆了大量羊水，四肢發紺、血氧下降，還需要插管，已送往加護病房。顯然，醫療的成功，是需要團隊的共同努力，一個環節的鬆脫，就足以功敗垂成。

著隔離衣，到加護中心看剛拔管的孫，落入凡塵才一小時，晶亮的眼睛就追著我跑，笑笑的，他知道那是生養他爸也愛他的爺爺，正在用深情做牽引和祈福。是無怨無悔的愛，是血肉相連的愛，愛那可愛的寶貝，因為是兒子的兒子。

看到孫子的一刻，想念父親，他在天之靈，一定也非常高興，他心愛的孫子有了兒子。看到孫子的一刻，看著兒子，那麼大的個子，焦急中仍一臉童真，憶起襁褓中，抱著他在雪地裡走，童音說著，爸爸抱就不冷，一切宛若昨日。看到孫子的一刻，知道我的愛又再被切割，切割成圈圈滿滿的同心圓。

護理師說孫子容易有驚嚇反射，當然，這個世界給他的第一印象居然是急迫粗暴的放個管子侵入他細小的氣管。他必定茫然，所有人隔著玻璃罩看他，沒有抱抱，沒有親親，只有戴著口罩的惶恐凝視。當然困惑不安，這世界是疏離的，愛不醇情不濃，所為何來？

兒子當下心疼毛躁，自己雖也擔憂焦慮，卻仍得按捺著情緒，冷靜應對。老奶奶說鼻子像我，一家人；大小姑說看就是好人家小孩。是否非得有些小劫難才能找到這麼好的爸媽，和這麼溫馨的大家庭。不會有事的，我們也都在學習，學習體諒別人，也讓自己更善良寬厚，更有資格做可愛小孩的爸媽。老天一定會保佑並賜福給他。

終於，一切美好的出院了，他在愛的環繞下走過難關。他愛笑，他的微笑是上天最美好的禮物。那可愛的容顏，一顰一蹙，我們神魂顛倒，如影隨形。

創造生命是神奇的，細胞結合會成為有思想有能力的肉體，不可思議。一定要養育成為有用的人、造福的人、施善的人、分享的人，最重要的是有愛的人。

寫給我親愛的孫子，希望你健康快樂的成長。仍未適應還在矜持頭銜但保證愛你的爺爺上。

附：父耶子系就是爺孫，對爺這個字還在掙扎中。孫這個字是會意字。左邊是「子」，是小兒形，右邊是繩索形。繩索就有系聯之義，也就是繫於「子」下者就是

「孫」，也正是「子子孫孫，無窮匱也」的意思。

人貴知天命，這些天，兩老省吃儉用、勤練體力，因為聽說孫子父母都要上班，我們還得「汗遺弄孫」。

寫給情敵：衰人就是矯情

假日偷閒，瞥見《聯合報》有則急徵文的小廣告，題目是「寫給情敵」，時限僅剩一日。

見獵心喜下落筆速成，按鍵寄出後，才發現是「臺積電青年文學獎」。尷尬的是，已照規定附上了身分證影本，怕是主編倒著看也無法通融，只有放上臉書自行錄取。

寫給情敵

當你那細小賊茫的眼睛，在刺穿窗櫺的陽光下勉強掰開，收縮的瞳孔，惺忪中只見自己的衰手，正掐著那不知何故死去且該死的鬧鐘。

驚恐懼眩中彈身而起，回首床單上觸目的一抹殷紅，顧不得是翻身壓死了飽餐後迷途的蚊子，還是暗瘡爆裂後的塗鴉，逕直衝入浴間，抹上一臉皂沫，水龍頭卻乾涸的空乏其身，盲從的刀片在露著猙獰鬍渣的醜臉上拉出三道血痕，鏡中那衰人的唇角，竟自莫名的顫抖傾斜，而口水正不顧勸阻的汩汩流出，真的是臉歪嘴斜的不忍卒睹。

匆匆披上昨日蹂躪過的襯衫，還未及全塞進褲頭，拉鍊卻卡住衫尾，就這樣踢踏著破鞋，狠踩著油門衝出暗巷。

即使狂飆喇叭，也鎮不住一路相迎的紅燈，還突然捲起風雲，下著遮天蔽日的大雨。好不容易踉蹌中鑽進停車場，尚不及處理擦撞鄰車的尷尬，轉角卻見電梯維修的告示，不得已拾階急奔而上，迎面的卻是指著時鐘，暴跳如雷的老闆，高頻率的向外揮手，不耐且無情的攆你離開。

氣喘胸悶下不及辯解的狼狽轉身，滿臉怨懟，卻看見我們相爭的天使，正飄逸著微捲的長髮，迷散著花果香，邁著修長的鉛筆腿迎面而來。靈動大眼、溫柔倩笑卻突然轉換為難以置信的驚恐，手上的咖啡潑濺出來，看著眼前彷彿被啄禿頭羽的公雞，還是隻歪嘴落湯雞。

而你自慚的低頭，才發現褲襠的拉鍊仍纏著一坨衫布，而雨水、口水和淚水，正窩囊的混流著。剛要開口，喉頭一鎖，惱羞中那盤桓已久的我愛妳，竟變頻的噴成了三字經。

迴廊裡一聲餘音繞梁的絕望長嚎，你帶著所有的哀怨和憤慨絕塵而去。而始終一旁的我，目不暇給，緊張興奮到忘了鼓掌，直到確認你已奪門而出，才緩緩起腳，演出意欲追回卻慢一步的無奈，再瀟灑優美的迅速轉身，憐愛帥氣的呵護著長腿離去。

天涯何處無芳草，何苦搶戀一枝花，若寄望這只是南柯一夢，那你最好不要醒來。

後記：其實人之所欲，必有相爭，人時地物，不一而足，唯君子自重，當取之有道。

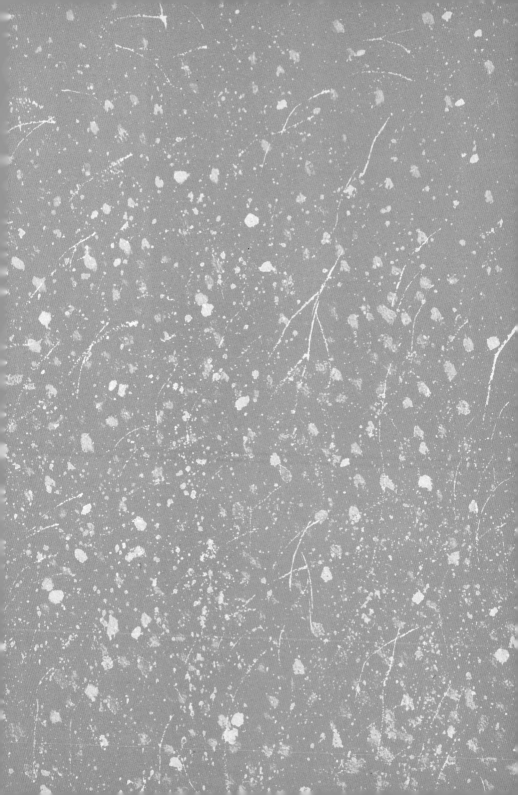

輯二

診間

來錯了地方，看不對人

男性病人六十七歲，乾瘦身材彬彬有禮的斯文樣，卻彷彿被身旁矮胖壯碩的太太挾持著進來。像母雞羽翼著小雞，卻兩個人都有一雙大眼睛，只是先生的看起來淡定，像出家已久踱回廟裡；太太的就顯得熾烈，像新婚燕爾衝入臥房。

他閉著唇不說話，此刻看來生命、時間都信託了；她卻如熱鍋上的螞蟻，說慢點就怕被煮熟了般。也可能代言慣了，連珠炮般的描述他是右肩無法完全伸展，且慕名而來要做最後的審判。

說已看遍大江南北，先生的肩膀一伸就痛，說先生其實很想幫忙，卻什麼活都不能做，家事都她一手包辦。眉頭輕輕一鎖，斜瞄著他，關愛之情溢於言表。先生的眼神空茫恬淡，像禪定一樣盯著桌面，像聽著別人的故事，嘴角卻不經意的瞬間向上微揚，牽動了一下又迅速回復，似笑非笑。

說試了復健、吃藥、針灸、推拿、電療、打過玻尿酸、震過超音波，都不見效，每家醫院都說是五十肩，最後有一家建議開刀，徵求我的意見決定。

翻看各院資料，基本上檢驗、檢查皆屬正常，診斷不外乎冰凍肩、退化性關節炎。問不動時痛不痛，不痛，但強調一動就痛。這倒好，顯然就只能做動腦或動腳的工作了。

當然開刀畢竟是不得已的選擇，太太想減輕他的痛苦，卻又擔心弄巧成拙，因此急切。基本上覺得此時開刀未免小題大作，想更平易的解釋，忽然心生一詞，直言五十肩開完變四九而已。太太一愣，似懂非懂，摸不清頭緒下問為何變四九。先生卻笑得很大聲，好像突然接上線似的轉為熱切，笑迎太太困惑的眼神說：「醫師是說明年就又五十啦，醫師的意思就是沒必要開刀，免開了啦！」

其實原本也確實大略是這個意思，但先生高興得太突兀，而太太雖然外表強勢聒噪，但看來其實吃苦耐操、任勞任怨，不但家事一手攬下，對先生也呵護備至。感覺似乎是先生賴皮，扮豬吃老虎，不免俠情再起。

迅速盱衡完情勢，冷冽的提高聲調：「還是開了吧。」

先生幾乎跳起來瞪大了眼，「您剛才不是說只能五十變四九？那開刀有何意義？」我刻意降低音階冷靜的說：「我是說電影『梁山伯與祝英臺』裡的四九（男主角梁山伯的書僮名為四九，專門挑行李、跑腿、做苦差事）。早開早了，就上山下海什麼都可做了。」

剎那間還真佩服自己怎麼神來一筆掰成這樣。這時先生已不像回廟的和尚，倒像被抓包作弊的學生。苦情追問，「開完刀不是要休息很久，不就只剩左肩能動了嗎？」我說：「男人只要一個肩膀是好的就可以了，這就叫一肩扛起。右肩有問題就左肩做，真不行了就再開。」

太太大概被攪和著懂了，眼光由熾烈轉柔和，痴情的看著先生說：「就分著加減做好啦！」

先生突然輕輕旋轉右肩，低沉著聲音說：「其實最近好多了，我們再看看好了。」這回他大步出去，仍然忘情的旋轉著右肩，她則快步左側摟扶著，卻頻頻回首致謝。猜他一定暗想來錯了地方，看不對人！

千萬別往心裡去

七十八歲老太太，獨居民生社區，那個年代，應該是家道殷實。灰白短髮刷直怒放飄著龐克味，猜不是玩重金屬樂團，而是好梳理或懶得梳理。精明澄亮的眼睛鎖著見我才展的容顏，其實有點酷，耳背卻不戴耳機，靠著擠眉弄眼比手畫腳走踏江湖。

進診間後，總先遠遠站著像棵小松，不知是對我太信任還是對別人太不信任，一定要等和我對上眼，交流完眼神，接上線認證過，才緩緩走過來，像有著特殊默契。坐定後，一定先偏頭對護理師說：「我耳朵聾，等下醫師說什麼，麻煩妳在我耳邊大聲說。」老人家不知是惦念著男女授受不親，還是疼惜我傷了聲音，總先交代旁邊。

每次多獨來獨往，因溝通確實困難，看診總常各說各話各自表述後，透過中間人吼叫，互猜個八九不離十再拿藥走人，其實就只是退化性關節炎的腰痠背痛，三個月連續處方箋，每三個月聊個雞同鴨講的天，比看病還實在。

說起聊天，五官大部分都得用上的折騰一番後，護理師早已青著臉啞在一旁，講到重點還得拳起一隻手在耳邊用喊的，或乾脆用寫的。看久了，退化性關節炎沒好，卻終歸對她有些了解。

她說開的抗風濕貼布對關節痛很有效，但家裡就一個人，背痛時她貼不到很苦惱。哪有這樣就考倒的！教她先把貼布鬆鬆固定在椅背上，再把背用力靠過去砰一聲就貼上了，她照著試成功又有效，雙方都得意非凡的傻笑半天。

不是探人隱私，而是每次來都主動興高采烈的說。女兒嫁到奧地利的維也納，說維也納好漂亮，抽空一定要帶我去中央咖啡館喝咖啡，遊多瑙河。有天她戴著一頂非常特別的紅色帽子得意神氣的進來，好像是女兒手工做的，可以遮蓋耳朵很保暖。知道是女兒孝心，順手比個讚，但笑說看起來像法師還是巫師。一定是看清楚了手勢卻沒聽見玩笑，問我要不要？我笑回這紅色我怎麼戴出門啊！以為推辭後不會有下文了，她卻往心裡去了。

農曆年間，好像女兒帶著混血孫子回來看她。孫子高帥秀氣隱含著歐洲人特有的文藝氣息，也許是語言的關係有些靦腆，其實中文已相當流利還跟外婆很親。帶來一式的特殊帽子，深黑色說特別為我準備的。情意深重，難以推拒！但真要戴在頭上出門，夜一定得比帽子還黑才行。

她又問我平日要補充哪種維他命，我寫了「維他命A－Z」的小紙片給她，反正年紀大了，也沒真正缺乏，就都多少補一點，安慰遊戲的成分居多。她說你字好漂亮，雖然大家都這麼說，還是高興得當場寫了三遍維他命送她，也許比吃的還有效。

這次來又是三個月過去了，說女兒可以安排招待我只有當地人才知道的民宿，要我去做深度旅遊。明明疫情影響全球旅遊都停了，此時招待應該是房價一折還管三餐。吼著問請假一個月夠了吧？點點頭也不知聽清楚了沒有。其實心裡有數，此刻出發，去隔離十四天，回隔離十四天，飛機三天，哈！剛好而已。

診間，形形色色的人，奇奇妙妙的事，有趣又暖心，只是許多醫藥以外的話，千萬別往心裡去。

看電視

輕熟女緊蹙著雙眉苦絞著一張還算清秀的臉夜診，全身遊走性疼痛斷續困擾十餘年了，拿了厚厚一本筆記，秀麗工整的字體鉅細靡遺的記錄每次發作的部位和症狀。外觀檢視一切正常，且這麼久了還沒變形腫脹又非持續性，加上似乎有些強迫症的個性，猜是纖維肌痛症的機率較高。眼看就要被迫走入她的時光隧道，只有試圖搶回節奏。

看看過往病歷已遊走了神經、骨科、疼痛、精神、代謝、中醫等許多科別，知道不易善了。

她看我審視病歷，就開口問：「看這科對嗎？是不是還應該再看看哪科？」

回：「應該不必了，應多看看電視。」

一下跳 tone 讓她驚訝。

「嗄！看電視可以好？」

「當然可以，乾燥症選悲劇，讓它哭出來，眼睛就不會乾澀；憂鬱症選喜劇，讓它笑出來，心情就不會鬱卒。」

是有些扯，倒是她噗哧一笑，似乎若有所悟的忘了那本筆記簿。當然還是開了檢驗單以排除其他狀況，並在和諧氣氛中結束。

婚魔

四十七歲微胖男性，四月二十六日由另一位外貌稍年輕的男性陪同，滿臉凝重戒慎的進來，感覺有些失魂落魄。

是初診，詢問後了解是因夜間盜汗而來。乍聽之下實在覺得莫名，很難聯想是哪種風濕疾病。但總不能一開始就向外推，雖然已有些疲倦，仍誘導他講下去。

原來還有失眠問題，即使外觀看起來胖胖的，但自述近兩個月間，體重已由八十八公斤降為八十一點五公斤，急切的希望我能幫幫他。

除了風濕專科，也還是內科專科醫師，樂意挑戰疑難雜症，而且體重驟降總是身體異常的訊號，就耐著性子繼續。

問了也沒發燒，沒有肌肉關節疼痛，沒有皮膚疹，也沒有紫斑或腹痛。看來自體免疫疾病或血管炎都搭不上。若不是感染，當然腫瘤和代謝疾病就不能排除。

問他有沒看過新陳代謝科，回說已看過了沒問題，既沒糖尿病也沒甲狀腺病變；問他有沒看過腫瘤科，也回說看過了，腫瘤標記都正常，且胃鏡大腸鏡都做過了。傷腦筋了，這忙要怎麼幫下去啊？

聰明的護理師利用問答討論的空檔，已查閱了他的就診紀錄，低聲告知今年一月到今天不到五個月已看了七十二次門診，這兩個月尤其猛烈。這訊息令人震驚又重要，迅速點閱電腦資料，居然包括了多次的耳鼻喉、大腸直腸、血液、代謝、腫瘤、胸內、胸外、心血管外、胃腸、一般外、骨科、泌尿，還有精神科門診，最後就是來找我幫忙了。

想醫院已幾乎被他檢閱了一遍，不免微慍，除了孫悟空的變，還真無法連結七十二這個誇張的數字。但看他一臉焦慮，又不忍苛責，且衣衫整潔也不像精神錯亂，誰喜歡這樣跑醫院啊！想必有痛苦之處，但事情顯然是卡住了。

陪他的男性，不確定是朋友還是弟弟，一定戲看多了也忍不住了，低聲斜睨著他說，你就講了吧！他抬眼看我卻仍欲言又止。原來還另有隱私。

大概關係夠，或者還有別的事要忙不能再耗了，那位陪同的男士就站在一旁冷冷的說，他五月四日結婚，三個月前訂的。

吼，這一定是鐵桿兄弟，這時爆料簡直毀人名節。要結婚，這時找我求救是怎樣，還好未婚妻沒跟來，到底是怎麼逼的，是怎樣的不甘願，悚成這樣。難不成想要我收住院好逃婚！

天下事還真無奇不有，想這樣的男人要如何依靠？這婚是要怎麼結？以後的路要怎麼走？到底是擔心現在還是未來？到底是經濟壓力還是家庭因素？最重要的是到底還愛不愛！

但家務事管不著，也許故事比想像的還要錯綜複雜，唯無論如何終須他自己面對。此刻身為醫師，不明就裡下，也只能輕描淡寫的鼓勵一番，再安排些檢驗請他放心。

今天是他大喜的日子，不知道婚結成了沒，有沒有憋出我願意或我不願意，也只有祝福他新婚夜的晚上別煞風景的猛盜汗。明天以後，一切塵埃落定，或許也就風平浪靜了。反正還有很多科沒看，看過的也還可以再看，重要的是身心健康，就勇敢面對，再慢慢解決吧。

若能真往心裡去

灰澀焦黃像老油炸過再窯烤了很久的膚色，貧乏晦暗仝員到齊卻恣意錯置帶些抱歉的五官，略厚的嘴唇和瞳孔一般黑濃，畏縮拘謹的坐著，彷彿被無形的鎖鍊綑綁囚押著來看診，流露一身冤屈戒畏的神色。低垂著眉宇、喑啞著聲調、眼神飄忽的沒一點自信，更像是不斷搜尋著地洞，彷彿下一秒就會消失在磚縫裡，留下一攤過時陰暗的衣物。

好奇的問職業，想扯些熟悉的事釋放她的不安。原來是附近一家餐館做包子的學徒。應該是工作不輕鬆，不但因長期揉麵剁餡手腫得隆起膨厚，臉也像揉捏輾壓過留了皺摺，整體團團糊糊的根本就是個撐滿的包子。

關節痛是一回事，情緒卻已經低盪消沉到谷底了，每次門診除處理病情，總聊聊她的工作，不著痕跡的鼓勵一番，且通常都習慣反向操作，激發她內心最原始的鬥志和自尊，因為唯有自己突破才救得了自己。

只是每個月看診一次，卻幾乎每次來都換不同的店。剛開始先消遣她，說一定是天庭下凡管掃把的，她似懂非懂但終於笑了出來。隨著一家家做垮，也終學了一身本領，且慢慢熟了就放鬆了，也開口說話了。問她有沒有執照，說還沒考，我說噢原來是黑牌的，她靦腆的笑著。

新冠病毒流行期間生意變差，我建議她多讀書並試做外賣，她還爭辯包子出店就不好吃了，我說鼎泰豐都外賣了，不尋出路就會沒路。她說不能和鼎泰豐比，她的店人手少。我說重要的是味道吧！立回她做的不會比較差，講話時音量高了，眉宇間也流露著自信。能不服氣就好！

看診一陣子，病情穩定了，藥愈吃愈少，話愈講愈多。幾個月前她轉到一家中餐廳當二廚，負責麵食尤其是包子。這次來，人看起來都光亮了，甚至五官都歸位了。她說你每次講都中，託你的福，考上素包子執照。原來我講的話她真往心裡去，也漸漸上路了。我再故意激，烹飪執照其實都很好考，報名費繳足就可換照。

她面露不服，嗆聲說什麼樣的包子，你講得出來，我就做得出來。

這時若軟嘴可能她也就到此為止了，靈光乍現隨口玫塊桂花餡，因為此時正是桂花季節，香甜沁心；而上次喝的一杯玫瑰拿鐵，到現在脣齒留香。再度傻眼，結巴的說這沒試過，得回去研究看看。

看著她成長，其實自己也在成長，人生本就在突發的挑戰中應變進步，有時隨口說的話，隨興想的事，若能真往心裡去，說不定出人頭地。

紅錢鼠

五十六歲女性，好像穿著暗紫色的洋裝，外面裹了件類似色系的罩衫，身材略為矮胖，架了副眼鏡，是直到最後故事發生了細看一眼才對衣著有了印象。已罹患類風濕性關節炎多年，病情穩定。

今天來，特別低沉著嗓音囁嚅的問著，類風濕性關節炎會造成憂鬱嗎？起初不以為意的速回，是的。再問憂鬱會容易得到類風濕性關節炎嗎？這樣交叉問就事出有因了。瞪大眼睛仔細看一下，倒不覺得面對的是張愁眉苦臉，看起來倒是認真在討論問題。花了些時間解釋，確實有研究報告認為兩者有互為因果又相互加成的關係，但若治療得當，兩者都會得到緩解，並好奇為何有此帶一點專業的問題。

笑笑低著頭回說，過去確實有這兩方面問題，但現在都已進步很多了，手同時翻著皮包，由內掏出了一隻紅色繡布老鼠，邊說著，我看了你出的書和你對類風濕性關節炎與憂鬱關係的老鼠模式研究報告，感覺很有意義，也讓我豁然開朗，所以送您一隻錢鼠紀念。

心中一陣久逢知己的感動，但習慣性不按牌理出牌，故意裝酷平淡戲謔的說：「怎麼不是牛？」她摸不著頭緒的一怔；再問：「這去年剩的嗎？今年牛年欸。」她一下完全愣住，真的停格，直到看我裝嚴肅轉促狹的表情，噗哧笑出來說，醫師真會捉弄人。

就喜歡腦筋急轉彎娛人樂己，否則看診雙方都很無聊，當然據說是娛己比較多。

她細心的剝開鼠背，解釋說這裡面可存放零錢，招財進寶用。很難想像病人如此的誠意，禮輕意重，感恩心頭，這就是行醫的快樂，助人贖己！也祝福大家都能招財進寶。

臉紅

二十餘歲年輕女性看診，主因最近臉上常泛紅，自忖是過敏，要求檢驗過敏原。

摘掉口罩，視診臉上並沒有看到什麼紅色皮疹，只是沿著口罩壓緣有些紅印，應是戴久了的反應。再問最近有沒接觸什麼特殊藥品或食物？

「我已試出來很多種食物，一碰就紅。」

「大概有哪些？」

「海鮮、羊肉、堅果……」繼續不斷的低著頭邊想邊說。

知道再不打斷可能會講完一本食譜，只有立即切入無厘頭的話，才能讓對方失神，一下轉不過來亂了方寸而停下來。

立刻笑回，只要不對米飯臉紅就好。果然停下來問為何？反正吃飽了就好。

不死心的追問：「為何這麼多東西吃了都臉紅？」

回：「是不是看了它們會害羞？」
當場笑崩，臉又紅了。

朦朧的門診

門診病人數驟減，大廳顯得空曠，以為步入錯亂的場域，好像颱風天，還真的有點清冷。

感覺比颱風天還可怕，風雨再強，還有聲有形有期限，躲也有個方向；病毒卻無聲無息無止境，彷彿空氣中飄忽的鬼魅，躲在家裡也會中。

進出的人都戰戰兢兢、神色緊張、低頭疾行、相互閃躲，若探索行進軌跡，來趟門診，應該會因不斷蛇行加重足底筋膜炎；打開門縫，外面梅花座上點綴著數朵雨人或太空人，都一瞬不瞬焦慮的斜睨著燈號，提醒回家後一定要熱敷兼不斷翻對側的白眼來平衡；進了診間的，坐也不是、站也不是，坐立難安的就不斷咕噥著謝謝、保重。

人數是真的少了，難道疾病也畏懼病毒，病毒稍微逞凶，疾病就都規矩龜縮了？連藥都不需要了？

原來，有的把藥物當珍饈，拚命省著吃，當初明明僅開一個月，卻兩、三個月才來補貨；有的請家裡年輕力壯或輩分低的代勞，突然看到許多不熟悉又冷臭的面孔；有的沒貨又沒跑腿的勉強親自來，診間門口遠遠的遞卡，只遙喊著要拿連續處方；有的鼓足勇氣進來，但卻從頭包到腳，彼此打量好久才能相認。

隔著口罩、面罩、手套、護目鏡、防護衣、壓克力板的門診，感覺如同平行時空的異形相遇，很不真實，互喊兩個回合後，彼此都覺得聲嘶力竭且索然無味的累。

怎麼疫情一來，病情就安穩了，平日嘮嘮叨叨憂心不已的重大傷病，此刻都變得微不足道，顯然夠凶夠狠能立即索命的才是真霸王，那些總愛嘀嘀咕咕、緊張兮兮的先生女士，這會兒都顯得雍然大度，謙沖內向，拚命搗著嘴向後退。

原來過去所謂「每個月就等這一天」、「一定要看到你才會好」、「病一看到你就怕」，令人飄飄然的甜言蜜語真情告白，都抵不過病毒的一個鬼臉。就一直被問有沒有視訊、有沒有連續處方、可不可拿久一點。聽得真讓人意興闌珊、心灰意冷。

醫護病三方隔著面罩講話，三角形三邊各長超過一公尺，都挺直了背，誰也不願突破。醫學倫理的課本可能要重編新的章節，視病猶親、望聞問切，面罩後彼此疑懼的眼神下，該如何傳達那份專業的熱情。碰他一下，他就噴酒精，這多麼難為情啊！

人工智慧機器人看診的日子應該更近了，遠距視訊門診已開，過去以為機器人除了問診，什麼觸診、叩診、聽診都做不到，而自認難以取代的老神在在，此刻若大眾逐漸習慣了沒體溫不接觸的門診，那醫師的尷尬或許還在後頭。

其實當下的門診，根本說不清楚、聽不清楚，也看不清楚，總不好看個紅斑要摘口罩，摸個關節要脫手套，更多有賴細膩觀察的肢體語言也都被裹在不自然的局促裡。這是朦朧的門診，或許羅曼蒂克，卻還是真心期盼盡早結束吧！

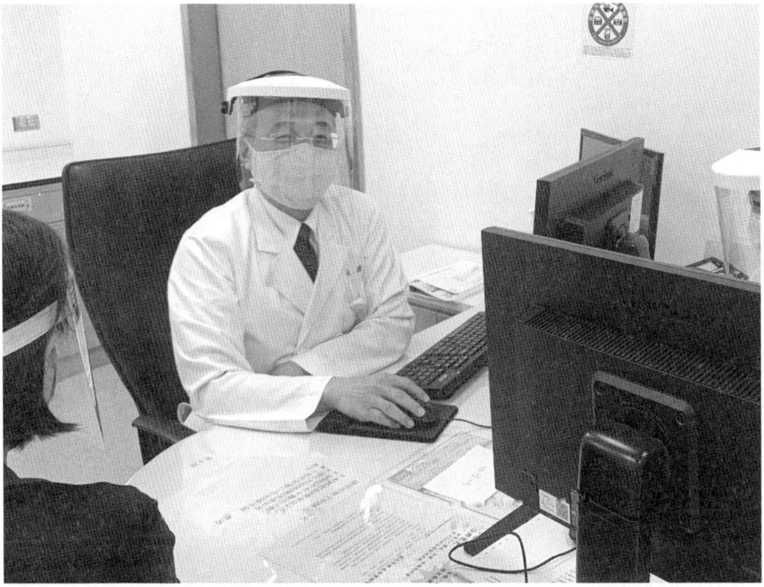

農曆年前的最後一診：尾牙

過年前兩天，下午診，受新冠病毒疫情影響，每位病人進來都必須要問職業，分為無業、低風險、高風險，過去只有因病情需要才開口，既然是醫院規定，當然照做，也對病人更多了一番認識。

一位三十五歲女性，罹患類風濕性關節炎多年，發炎指數多次檢驗皆為正常，外觀也不見腫脹，但卻常抱怨手指關節仍不時疼痛，每次來總希望能加消炎止痛藥，都要花些時間討價還價衛教一番後再勸她打消念頭。

職業欄她勾的是高風險，原來是做餐飲業。當然多年經驗已知道不能白目的要求盡量休息，畢竟是人家的工作，哪個餬口的工作能不動手，只能迂迴的問最近是否工作量較大，能不能減少，會不會很快過去。

說是在中央廚房工作，最近確實工作量大。以為是空勤廚房那類，想飛航已因疫情減少，怎會如此辛勞。說是做蚵仔麵線的廚房。真不太懂，蚵仔麵線要中央廚房？她說士林地區就三家分店，生意不錯也就停不下手，有時還得支援尾牙。以為是負責烹煮的大廚，誇她一定是廚藝精湛才近悅遠來。低著頭說她只負責配料；又以為是像電影裡有一大廠房，自動化設備。說其實還比診間小一點，大家擠在一起，手上的活根本不能停。吁一口氣，那可真是辛苦工作了，也難怪手痛。

一會兒又一位年輕女孩來幫六十一歲紅斑性狼瘡父親拿藥。大概是寒假得空，但病人沒來總是擔心，就輕描淡寫的問，爸爸怎麼今天沒來啊？這也是看了五年的病人，長得黑瘦弱小，眼神坦白說有些飄忽閃躲，但又極在意病情，尤其是蛋白尿的數值，總追根究柢反覆詢問，感覺像隻小狐獴，伸頭探腦緊張兮兮。

狼瘡性腎炎需要每月追蹤，不過控制得當，尿蛋白已由兩千降到正常。女孩是第一次來，輕聲回答，父親負責尾牙辦桌，這會兒忙得不可開交。不是疫情影響，尾牙大幅減少了嗎？我滿臉疑惑的問。仍是低頭輕聲細語，都是小場的，但還是很多。許多行業也就等春節前奮力一搏，只能請他注意身體，不要累著。誰不知道要安心養病，最好閒閒沒事做，但生活是無法暫停的，也只能替他備好藥，拚過去了。

另一位三十二歲女性，長髮白皙，身高應不到一百六十公分，大大的眼睛，無神空乏且疲累，也是一位狼瘡病人。電腦螢幕上的檢驗數據顯示補體明顯下降，代表近期病情活躍，側頭看，真的一臉倦容。問職業，原來是在尾牙負責唱跳，已經不需要再問不是疫情嚴峻尾牙都少了嗎？更了解社會上許多事情就默默進行著，天高皇帝遠，那是生活，才不管你規定，因為明天的一切還是要自己張羅。

原來尾牙時的一場歡樂，有餐飲、有備料、有表演，可能還有清潔，背後需要這麼多人的湊合，背後更有這麼多人的辛苦和犧牲，像蝴蝶拍拍翅膀，連我坐在診間裡都感受得到、都受影響。

軍法官的當年

九十三歲老先生，身型瘦削，精神矍鑠，風般飄進來，纖塵不驚，戴頂灰呢小帽，一身丹青，因鼻塞皮癢來診。

坐下來細看，老先生脣紅面白，細長丹鳳眼，眉骨淡掃，長得就師爺樣，文謅謅但透著陰鷙，透嫩皮膚乍看緊致得一點皺紋也沒有，真不知是怎麼保養的。

根本不需要我開口，輕搖著上身帶著笑意就滔滔不絕。聲音細細的，好像都是氣音，說不定也是長壽之徵。眼睛瞇成一條線，還是條細線，嘴脣也薄薄的，依素描技法，平著刷幾條線，五官也就呼之欲出了。

姓名三個字，中間是個慈，說是家族排輩，生出來爺爺取了名，就刻在祠堂裡。其實沒人問他，不知道說這些是什麼意思，那時光離我好像也一段距離了，但聽來像個有規矩的世家。傳統社會裡，字輩大多當作名字的第一個字，一般用於族譜登記，可以區分輩分標示血緣。

以前是金門軍事法院法官，說時有些得意，眉毛上挑，嘴角微揚，但偏偏遇到個沒反應的，低頭繼續打我的病歷跟著問：「鼻塞多久了？哪裡癢？」這種問題當然是沒搔著癢處，依病人立場根本是態度很差。

直了直上身，看來是要掏箱底來點駭人聽聞的。果然，清完喉嚨後提高了嗓門說：「有次碉堡裡九個人暴動，當年的氛圍，很難善了，可能得要人頭落地。」看到我抬頭了，上身搖擺幅度變大，聲音也更清朗，小眼珠子光芒閃爍。「司令官暗示，盼我能從輕發落。」他繼續說著：「你放心啦，我知道輕重。」看到我眼睛睜大了，但可能也觀察到我的一臉狐疑，停頓了一下，不知是我亂了他的回憶，還是編劇的突然詞窮。

是在說書嗎？當年外島司令官可是手握生殺大權的，還要向司法官拜託？彷彿知道我想什麼，馬上正色補充：「當年我們軍法官有老蔣總統手令，中將以下可先斬後奏。」臉上揚起殺氣，鳳眼裡閃過一絲厲芒。

嗯！咱們可該不是來談這個的，先丟一個佩服的眼神，應該算是一個暫停的訊息，畢竟幾十年前的事了，就算怎樣又怎樣！再繼續平聲問：「鼻塞多久了？哪裡癢？」

看我依然淡定微笑著堅持回到正軌，他也彷彿剎那間回想起今天來的主題，察覺時間晚了，也唬不太下去了，臉一收，彷彿川劇變臉，又成了看病的小老頭，眼睛和嘴瞇成兩條線的回到現實。

應是常年過敏性鼻塞加上冬季癢，剛才一番話抑揚頓挫慷慨激昂，已聽不到鼻音也不癢了。聊聊天發洩一下可能病也就輕了，安排簡單檢驗等會兒抽個血帶些備用藥就結束了。臨走向他豎個大拇指，表彰他不凡的經歷、曾經的良善，和健康的身體。

老人家孑然一身，老了連個說話對象都沒有，過往的輝煌埋在記憶裡還逐漸淡忘，偶爾跑跑醫院，聊一下當年勇或也是很療癒的吧！

銀屑婚紗

二十八歲女生，個子不高，長得小小的清純學生樣，很酷的一張秀氣臉，卻流露著強烈的桀驁不馴。

留長髮，一雙令人印象深刻的眼睛，深邃敏感，冷冽的閃著自我和防衛，卻好像一直叮叮咚咚的在讀你。

每次總男友陪著看診，也乾黑清瘦的，就跟前跟後的在一旁低音合聲，聽來像是咕噥著威武、迴避，明顯的承歡膝下，但外觀倒是頗為匹配。

女生罹患乾癬多年，不是那種血紅猙獰成堆成塊的皮疹，也未長在頭皮上或顯眼處，幾乎不影響外觀，卻隱身軀幹四肢，非捲袖子撩衣服才能看得清楚。

厚實的銀灰色皮屑，難以置信的一圈圈畫著皮，彷彿精雕的刺繡紋身，乍看還真的觸目驚心。外表雖看起來像是掌握全局的女皇，但就一身的凸起花紋還落著屑，唉！也難怪她笑不出來，只怕咯咯一笑，抖落漫天塵埃，傾城覆國灰飛煙滅。

以滅殺除癌錠治療，其實控制得不錯，但每次來就板著臉，進步的全略過不提，總掀給你看最猖狂的那塊，彼此無言。倒是對藥物副作用打探得仔細，尤其早清楚了懷孕時不能吃。

雖然嘴巴上從沒滿意過，但也從不缺診，就這樣藥用了幾年，偶爾調調劑量，也一直滿平順的相安無事。月前突然抱怨因為頭髮掉得厲害，要求換藥，其實外觀還真看不出來，但她眼神堅決，語氣剛硬，聽得出來沒得商量。

以為安穩日子久了又想換花樣挑戰，既顧皮膚又要頭髮的難題出不完。無奈的換上二線藥物新體睦，因為它的藥物副作用裡有個多毛，或能兼顧乾癬和落髮。

又過了一個月，乾癬仍在控制中，頭髮也依然飄逸，她突然輕聲說準備懷孕了。只略為沉吟，她立刻接口說放心，這藥已查過沒問題。這才恍然大悟，真是工於心計，原來女孩早就一步步鋪陳好了。

雖然一向酷酷的既不言笑也不言謝，但畢竟老病人了，又是女孩兒家，節骨眼上道義所在，總似得助一臂之力。看著她，瞟了男生一眼，音調也斜飄出去，沒結婚怎麼懷孕啊？除非有人求婚，絕對不能懷孕。

她笑出來了，燦爛如花，眼睛瞇起來看著我，瞟著身後說，他聽不懂的。

這種時候就不該再裝糊塗了，聽不懂就別在那跟前跟後，畢竟已過了那麼多年。衝著長年的醫病關係，就再補一槍，直接看著男生挑明了，什麼時候結婚？無從迴避下，他只能帶點靦腆低聲的回應，有在準備了。女生的眼睛彎如弦月。

不知道這叫順水推舟還是落井下石，是成人之美還是亂點鴛鴦。兩人轉身離去時，眼睛裡突然浮起一襲銀屑婚紗的影像，看著她帶著笑意和幸福走在紅毯大道上。

老師傅的一雙眼

五十歲左右女性，上週夜診因右手第四指內側下方腫痛求診，沒其他問題，稍事檢查就判斷是肌腱炎，仍安排了抽血檢驗和X光檢查，免得有所遺漏或偏差。

這晚上又來了，走近後她自己向外側挪了診桌邊的椅子，正面對著我。其實才第二次看診，沒太多印象，先看檢驗報告，發炎指數完全正常（CRP<0.1），再調出X光，手骨僅有輕微退化變化，這才回頭看位置，就只是右手第四指下方有明顯隆起，還有淡淡的青紫色淤痕，並有輕微壓痛。診斷仍然是肌腱炎。

反射性禮貌的問：「妳做什麼工作？」同時順便打量著。上身穿著一件黑T恤，其實黑色已洗得泛白，好像鋪了層麵粉也有些變形，下身就一條深紫便褲，看起來精幹俐落。

「就沒有啊！」眼睛直直盯著我，還挑戰似的帶著銳氣，你們都愛問工作。心裡升起問號，沒工作為何肌腱腫脹得如此誇張，再將判斷的學理和邏輯解釋了一遍。

她根本沒在聽，這邊話聲一落，那邊馬上接問，這要怎麼處理？你們醫生都一樣啦，講一堆，問題又解決不了。

其實近年已很少被嗆聲，而且沒什麼道理的卻好像還站在上風。

沒做事？那這一抹淡紫色的淤血是怎麼回事？我指著問，想由蛛絲馬跡中尋找脫身契機。

她扯著嗓門說，上次找個骨科醫師，被我逼急了說打一針就好，看打成這樣，手攤開猛送到眼前。咄咄逼人的聲調語氣，把醫師們吐槽得像郎中一樣。

想說多休息，人家根本沒工作；想局部注射，別人已捷足先登，還留了攤子，快沒招了。只有開了條風濕藥膏，解釋真的不需要吃藥，患部塗抹就好，聲音低沉得自己都聽不下去。

她倏忽站起來，明顯的不滿意，氣勢如虹，拿了藥單就向外衝。動作實在有些大，不由得且習慣性的抬頭目送。

剛好她走到門口側身要開門，寬厚的左臂膀正對著我，看見短T袖口上方印著洗褪但仍然血紅色的字「炸老大」，一絲疑惑但福至心靈，馬上大聲問她：「『炸老大』是什麼意思？」後面進來的病人先搶答：「賣雞排的店。」她應該出去就算了，卻按捺不住好鬥的個性，轉頭糾正：「還有鹽酥雞。」

高昂聲調隨眼波落下，餘光掃到我鎮靜但充滿連綿不斷問號的眼神，清楚傳遞了給個交代的訊息。她當然警覺到了，知道贏了小場輸了大場，突然像鬥敗的母雞，雞冠傾頹，羽毛潰垂，搗著嘴一臉懺然如戳破的氣球。護理師立刻豎起大拇指，當然指尖朝我，自己也不禁暗暗得意老師傅的一雙眼。

科技業

一位四十來歲男性痛風病人回診，在門口被護理師攔著問職業。這是醫院的防疫規定，進門前要先確定所從事的職業是否有易感染或傳播的風險，好讓大家能提高警覺加以防範。

科技業，他大聲的回應，讓我不由自主的抬高了頭，好神氣又帶著自信的聲音，當然就歸類於非高風險職業，也順便在電腦裡做了註記。

病人大約一百七十五公分高，瘦壯身材，穿著黑灰色夾克，反正全身灰灰的其實也看不清楚其他。外貌瀟灑帥氣卻又帶點玩世不恭的流氣。年輕護理師再輕聲細語的追問，那是工程師嘍？怎麼感覺診室瞬間揚起粉紅泡泡。

「我老闆是，我~是司機。」他這次聲音壓低了，但仍是痞痞的不正經。右腳不由自主的一跺，實在太扯了，粉紅泡泡迅急變成黑色殞石。不是司機這職業不好，我好多司機病友，而是司機怎麼會歸在科技業，就算開特斯拉的也不行吧。好像是故意跑這來撩妹，還害我們護理師差點動了凡心。

他發現氣氛有些凝結，還被幾雙不爽的眼睛瞪著，就再解釋，說是怕若講司機，大家會以為他是做大眾運輸，會被列為高風險。好吧！雖然牽強附會，也算言之有理。既然人家有人家的考量，氣氛也就慢慢淡淡的平靜了下來。

但這人一定是天生痞，看大家正常了，又語出驚人。

「不過也不是沒有風險。」他又打橫裡飆出一句。大家又慢慢抬起頭盯著他，因為風聲鶴唳的當下，講到有風險總是得弄清楚狀況。「我的車要載我老闆、老闆夫人，有時候還有小三，每次真怕開錯地方，這樣算不算有風險？」他在那嬉皮笑臉的說。大家都把頭重重低下去，沒人搭理，一屋子三個人臉上至少掛了六條線，當然他不會有。

診間氣氛又僵了，但他居然還不罷休，是平常沒人講話特地來秀才藝的吧！

「我常開西濱快速道路，那裡沒速限，想想也挺有風險的。」他嘴角微揚的說。

看來是很期待被列為高風險。

「你開多少？」我忍不住冷冷的問一句，心想你講少了看我怎麼酸你。其實一開口，看到那一臉的眉飛色舞就知道真多嘴了。

「至少一百四。」他嘴巴揚成弧形，很得意的樣子。天啊，這是在糊弄嗎？

「你老闆坐後面會不管你？」再冷冷的問一句，心想別胡謅了，這總會讓我扳回一城吧。

「他就愛管我，我一面開他一面唸。」倒是答得乾脆。心裡嘿嘿一笑，想當然耳，根本活該被唸，再吹嘛，哪個老闆不要命。

「他總嫌我慢！一直要我加速，要我快。」天啊！我認輸了好嗎！攪和得情緒都開始上來了，這一對黃昏雙飆客在西濱道路上是怎樣的風馳電掣！

該停了吧！陪聊也該夠時數了，根本牛頭不對馬嘴的胡扯。

「痛風最近怎麼樣？」言歸正傳很嚴肅專業的問。

「右腳大腳趾偶爾還是有些痛。」這可是今天回答最正經的一次。

「那可得小心些，踩煞車慢一秒都不行的。」故意酸一下兼提醒，心中揚起比賽終了被舉起右手宣告勝利的快感。

「我很少踩煞車，這您不用擔心，沒問題的。」他聲音又高昂了起來，似乎還意猶未盡的想繼續。

行了！我冷冷的跟護理師說，請下一位進來。面對這位科技業的先生，我是真的不知道該再說些什麼了。

做飯是基本

夜診，一位六十五歲女性，就街坊鄰里的平凡主婦樣，樸實無華、拘謹有禮。罹患乾燥症多年，眼乾口乾的症狀都控制得還好，持慢性病連續處方箋每三個月追蹤一次，每次來總要聊聊其他，談得輕鬆愉快，嘴巴也就奇妙的似乎不那麼乾了。

她就掛一抹淺淺的笑，淺到其實你不很確定。口乾眼乾已沒什麼好談了，一樣的問題，一樣的答案，只是彼此回憶一下而已。這次來，主要抱怨右肩疼痛個把月，特點是不動還好，但向後側外轉時受限，影響活動。判斷應該是退化性關節炎如五十肩之類，順口問有無做粗重出力的工作。她輕描淡寫的回，早就沒上班了，就只有做一點家事。

家事也不要做太猛，累了就要休息，我還是諄諄告誡，因為知道有些婦女會有潔癖，灑掃擦拖，非把家弄得一塵不染，當然既耗力又勞筋骨，家事認真起來有時比上班還累。

幾乎面無表情，她雲淡風輕的回說本來事就不多，只有做做飯而已。看我睜大眼睛對「而已」有些驚訝，再理直氣壯鄭重緩慢的補充說，做飯對女人是基本。

我按捺不住的幾乎要跳起來，以為聽錯，一臉驚疑的大聲複述，做飯對女人是基本？帶著問號和驚嘆號！

最近剛讀完證嚴上人論述的《無量義經》，剎那間感覺天華普降、義理無量。我說這一定要寫一篇文章，讓天下的女人分享，做飯是女人的基本。

她不慍不火，表情淡然的接著說，女人在家時間到了就是要做飯，反正自己也要吃，本來就沒有什麼。

那先生有幫忙嗎？我再一本正經的問。仍然是一派輕鬆的回答，他不但不做還嫌東嫌西。這就更奇特了，傳給兒子的家訓中有君子遠庖廚的第一要領即不嫌，飯來張口兼頻頻讚好，這樣或許才能換個心甘情願且好事綿綿。

既然嫌這嫌那，那為何不讓他自己做？我再追問。她微微皺了一下眉頭，低聲說：「他做不來，又做得不好吃，我都已經做幾十年了，當然還是自己來做比較好。」末尾居然還飄起洋洋得意的笑容，但也確實言之成理，邏輯無懈可擊。

真覺得這位觀念正確的偉大女性應該要在婦女節表揚，她的宏觀思維應該傳頌天下，根本沒什麼高深難懂，就女人做飯是基本。噢！毫不保留的搖旗吶喊啊，一定要按讚分享再開啟小鈴鐺！

可惜診間對話，聽完也不過自嗨而已，個人有個人的基本，各家有各家的基本，基本法都強勢者在訂，回去還得討論什麼才是基本，人家家的基本可能是我家的畚箕，這種事還是自動自發的好。就羡慕羡慕吧！

隨緣而定

三十七歲女性，罹患全身性紅斑性狼瘡二十年，那年剛來看診時還是個高中生，皮膚白皙、清純秀氣，轉眼即將步入中年，歲月推著人生向前，連記憶都斑駁溶蝕的像朵生了壁癌的舊牆，愈來愈矮、愈來愈薄的頹散。而她也由初期的惶惑到現在的自由自在。

晚上十點十五分收到訊息：

不好意思那麼晚打擾了，我是ＶＨ，我這星期胃不舒服一直想吐，去診所醫生說可能胃發炎開了藥。然後這次月經非常不正常，來了兩個星期還沒結束，今天量變很多，剛剛忽然多到止不住（現在好像有稍停一點）。之前住院有一次也是想吐和月經超多，想問建議要現在去掛急診還是撐到明天門診。

知道結婚有兩、三年了，一開始讀了兩行，被診斷胃炎時就臆測可能是孕吐，剛要提醒，但偏偏接著又說月經量多，還過去已有經驗，再轉而擔心血小板不足，只能要求多留意，撐不住就掛急診。

翌日夜診，一位年長阿婆帶著年輕兒子走進來，兩人先微笑的自我介紹，再此起彼落的說，VH昨晚急診，結果是流產了。原來是她的婆婆和先生。

怎麼這麼糊塗啊！真的既不捨又有些生氣，怎麼好大個人連月經和流產都分不清，好不容易懷孕，就這樣結束了，想這下她的日子可要難過了。

婆婆拘謹的坐在病人看診的位子上，表現的平和有禮，非常善良樸實的樣貌；先生也規規矩矩坐在婆婆後面的陪病木椅上，還刻意放慢動作，讓我看到他開了手機的線上通話，看來應該是受了太太的指令。

平常醫院診間規定是不允許攝影錄音的，但今天狀況特殊，也就未阻攔他開LINE收播音，畢竟老病人有急症，也有些哀傷，當然就閉上一隻眼睛算了。

婆婆對著我說，好糊塗好危險，早跟他們說過，不生小孩沒關係，不要勉強，反正女兒已經生孫了，有人叫阿媽就已經心滿意足了。還倒真是非常開明的想法，令人覺得溫馨感動！

接著婆婆又柔和但帶點埋怨的說：「ＶＨ愛吃冰，吃飯都不喝熱湯，一定要配冰水，講都講不聽。」

這時手機那頭喊起來：「媽，妳怎麼背後說我壞話。」婆婆顯然吃了一驚，因為她並不知道背後還開著收音，扭頭喊著：「妳怎麼聽得到？」不過看來婆媳很親，也相互信任。

我也不禁對著手機喊：「妳很幸運，妳婆婆真好。」婆婆馬上說：「我媳婦很乖，對我也很好。」但這次感覺嗓門放得特別大。婆婆接著又低聲如用唇語般問：「這樣會不會習慣性流產？」

檢視病歷並無容易造成流產的抗磷脂症候群或抗心脂抗體，就先回應該不會，好讓相當豁達善良的婆婆更為心安，畢竟生不生是一回事，但每個人都得帶著希望夢想行走天涯，那也許仍是她內心小小的盼望，總不能無情的一下捻熄。回頭再提高音量，大聲提醒ＶＨ要好好照顧身體，孝順婆婆。未來的事誰能知道，就隨緣而定吧。

再見

再見的英文，無論 good bye 或 see you，應該都是表達離別後希望能再見到，也希望一切安好。

但醫院裡不說再見，這是潛規則，許多人忌諱聽到醫護人員說再見，總立刻回說「最好不要再見」，或是說「希望不要在這裡見」，因此除了宛如朋友的老病號，葷素不忌，且知道非見不可，我們有時用 bye、健康、豎拇指、揮手來道別。

但今天夜診有兩個例外讓我刻意大聲說再見。

一位是七十一歲男性，罹患類風濕性關節炎多年，兩年前又合併了睪丸癌（發生率約千分之四，預後良好），孝順女兒接他去美國治療，且全額支付。返國後關節炎仍固定回診，治療的整體狀況也相當穩定。其實每次來仍看得出他揮之不去的擔憂焦慮，就是感覺心頭沉甸甸的極為糾結，畢竟女兒在美國，遠水救不了隻身在臺的近火，還是得自力更生的一切靠自己。因此診療結束前，我就都誠懇清晰的說再見，感覺他總有如釋重負般的愉悅。

另一位四十歲左右女性，罹患抗磷脂症候群，在他院已流產兩次，因渴望小孩，又拚著懷上一胎。門診總繃緊了臉焦慮的盯著我，正如飛機遇亂流時我緊盯著空姐一樣，都只想抓住那一絲表情的鎮定求個心安。

孕程間除了奎寧，每天還要打 Clexane 控制。Clexane 是低分子量肝素，是一種抗凝血劑，可預防及治療深部靜脈血栓、肺栓塞、動脈栓塞，也可用於治療心肌梗塞以及不穩定型心絞痛。研究證實使用低分子量肝素於反覆性流產的病人身上，加上其他抗免疫藥物，能提高懷孕率、活產率，亦能降低流產率，且不致有嚴重併發症。

今天先生再陪著她來時已懷孕三十五週，嬰兒也已兩千七百克，一切平順。每個月回診一次，病歷註記上就再加個四週，算算也就這樣過了近九個月，自己心頭也輕快了些。但產科醫師要她再等三週，希望胎兒能更成熟些。當然她仍一臉凝重，鎖焦的眼神也依然緊盯著我。

為讓她能在放鬆中度過這卸貨前的最後時光，看診結束前我也特地微笑著對她說：「再看到妳就是媽媽嘍！」她倏忽放鬆繃緊的面龐，揚起喜悅的笑容，然後我輕聲的說再見。

祝福大家都能健康平安，幸福的再見。

一定要活很久（上）

暗澀的套裝，鋪裹著老柴般瘦小的身軀，陰晦的眼神，穿透短硬微捲的亂髮，散發著凝重的惆悵哀怨。

六十來歲女性，罹患全身性紅斑性狼瘡已近三十年，是忠誠老病號。其實病情早處於緩解狀態，只是定期追蹤而已，但愁雲卻始終繚繞著一點也沒散。

個性鬱鬱寡歡、抱怨挑剔，從年輕看到老，眉頭從未舒展過，嘴巴也沒閒過，總不斷嘟囔數落著。罩門是先生，一提必譙，從頭到腳沒滿意的，卻也已數十寒暑。每次來總是「怎麼這樣啦、怎麼那樣啦」的先怨懟一番，若捲不起千堆雪，最後就以不想活了收場，卻講得吞吞吐吐不情不願。

先生過去好像是計程車司機，可能也有些田地祖產，生活倒也還好，也應該一段時間沒開了。人長得瘦小，卻有張不老的臉，有時候代太太來拿藥，總在門口欣快的喊著活菩薩好，倒幸好是個樂觀天真的個性。

每次提到他，女人總翻著白眼嗆：「他自閉啦。」其實怎麼可能！看來應該是溝通有很大障礙，而且夫妻溝通不良，弱勢的一方不是耳背就只有要自閉，總得有個消災渡劫的法門吧！

這晚又說不想活了，當然知道根本不是那麼回事，隨口回應：「通常說不想活的，都活很久。」她眼睛卻亮了起來，你怎麼跟我媳婦說的一樣。媳婦？妳媳婦應該是說好人不長命，禍害遺千年吧！我笑著說。

她沒聽太懂，卻沾沾自喜的介紹媳婦是醫院的護理師。噢！想起來了，這是她很得意的一塊，家有醫護，如有一寶。既然是醫院同行，當然也就絕對不能再撩撥下去，而要跟著說好話。

媳婦一定很孝順，是真心希望妳要長命百歲活很久啦，我接著說。她撇撇嘴，嘆口氣站起來，是啦！等下回去還要幫孫子洗澡，當然一定要活很久。

一定要活很久（下）

以為故事就那樣結束了，真的沒有預期要寫下集的，未料下午診，剛穿好防護衣罩，門一開，灑落滿室陽光，護理師喊一號，笑盈盈的走入個亮眼老柴，粉紅色白條紋襯衫配灰長褲，微捲的頭髮剛燙過還噴了膠，神采飛揚，笑得曖昧卻又燦爛。哇！是換了靈魂的上集主角來了。

門口就先清脆的喊了兩聲活菩薩，帶著揶揄的聲調，這通關密語一出，當然心中有數，知道紙包不住火，看完上集，人家已經迅速對號入座了。

心裡七上八下，文字有這麼露骨嗎？真描寫細膩到不做第二人想？但看來是糊弄不過去了，還不敢直接攤牌，就先顧左右而言他，繞著病情閒扯，因為寫的是實景重現，所以有些心虛，不知道會不會讓人家有受侵犯或不愉快的感覺。

她卻已按捺不住，大聲說我們家老闆要我向你問候。看來是特地專程來踢館的，還好都是笑著講，也確定講的是問候不是照顧。哇！一個禮拜前才譙那個自閉的，怎麼現在變成老闆啦！這會兒的態度倒像是深宮裡心悅誠服的妃子。

雖然超過六十歲了，也追蹤全身性紅斑性狼瘡約三十年了，此刻的她，卻是我印象中最快樂的一次。

不禁想到，原來鬱鬱寡歡也是一生，歡歡喜喜也是一生，一生繚繞的愁雲慘霧，也許根本自己營造的，看似甩不掉丟不開的緊緊裹著，卻剎那間煙消雲散。

從年輕看到老，從未舒展過的眉頭，從沒吐過象牙的嘴，嘟囔數落了數十載，此刻卻笑逐顏開，口吐芬芳。

也許就因為一個故事一個話題，重建了溝通的管道，打開了封閉的心房，發現原來譙也是愛；好像從頭到腳沒滿意的，卻原來只是無時無刻的關注和盼望。簡單的說，換了別人，我管你死活。

「我先生喜歡聽電臺買補血藥，但他叫我先吃，吃得好他再吃。」天啊！誤會三十年了，原來外人根本搞不清楚一個家是怎麼維繫的，人家是怎麼相處的，看表象是無法妄下斷語的。但三十年了，總有個模式，總有個規則，或許像跳探戈，妳退我進，妳進我退，一個碎唸，一個就自閉，拍子抓好就相安無事，但會咬人的狗不叫，原來惦惦的才是老闆。

當然沒再聽到不想活了的收場，狼瘡超過三十年的，絕對禍害等級，應該都會天長地久快樂一生的。

福氣啊

七十來歲男性，瘦高個子，白襯衫深色西褲，雖有些陳舊但穿著整潔，一條翻著刮痕的舊皮帶繫著腰，前面還垂掛了一長段，清癯的臉上刻著深邃的皺紋，由一雙中年男女前呼後擁的攙入門診。

病人剛坐下來，體重顯然超重的女士一個跨步就聳立在他和我中間，隔著口罩都能嗅到那股濃豔。空間不大，加上疫情嚴峻，坐著的我，頓時感覺燥熱與壓迫。較年輕的男士則捲著袖子叉著腰遠遠的站著。

她只撇著嘴笑了一秒，就介紹病人是他們的父親，然後開始滔滔不絕的大聲訴說，父親被慢性皮膚疹 bother（困擾）了許多年，單字蹦得有點突兀，不覺多看了她一眼。之後不時夾雜著臺腔英文單字，也不知道想傳達什麼。瞪著宛如甲狀腺機能亢進般凸起的大眼，誇張的肢體語言，就盯緊了我，連珠炮般的講古，展露著彷彿花木蘭代父從軍般的慷慨激昂，擺明了父親是她在罩的。

既然看了好多年都沒好過，當然要先看看疹子長在哪個位置、長什麼樣。兒女很有默契的一前一後把老人家的上衣提起，他也配合的站起來，前胸後背露出一粒粒微微凸起的紅色丘疹，一眼看去，像極了藥物疹或類固醇引起的痤瘡。再檢視外院的皮膚病理切片檢查報告是過敏性血管炎，研判最可能就是藥物引發的疹子。

神來一筆的直接切入：「有沒吃電視藥或補品？」

未料一發即中，病人嘴角一揚尚未及開口，兒女已同時發聲，此起彼落的嚐著，從年輕就看電視聽廣播買藥，藥丸藥粉來者不拒，有病治病、無病強身，各電臺都捧場，如果真出了問題都不知道該怪哪瓶哪罐、哪家哪臺。聲調裡都帶著埋怨，老人家嘴角一挫又欲啟齒，女兒卻突然大聲起來，回去全都丟掉，不要再 eat（吃）了。

情況已明，於是就先開了抗過敏藥物，也安排了簡單檢驗，看著病人再三叮囑不要再亂吃藥後，由兒女一左一右把他攙扶起來。也不知道急什麼，幾乎是架著匆匆向外移動，病人一面慌亂的將衣服塞入褲頭，一面跟著向外走。

到門口出去前，他硬煞住車，掙扎著扭回頭，微笑著禮貌的說了聲「謝謝」。這才注意到是他目前為止第一次開口。

啞然失笑，這種方式的照顧和孝順，真不知道是不是福氣啊！

說個分明

六十歲左右女性，一百五十五公分左右，略顯豐腴，細白的臉上沒斑沒皺紋，短直頭髮黑亮，看不出有沒有染過，但總是笑笑的由先生陪著看診，一直以為是個挺有福氣的人。

罹患類風濕性關節炎好多年了，本人長得富態喜氣，但先生卻透著滄桑憂鬱，臉好像用過扭過的毛巾，黑黑皺皺的，紋路很深。陪著來卻總站在後面，通常只有表情，但一句話也不說，就只是個標寫著「先生」的人形立牌。

今天進來，她就板著臉木然坐著，後面瘦瘦站著的那位，兩手交疊的放在小腹前，更像釘在牆上的牌子，氣氛有點僵。

目前正用滅殺除癌錠每週四顆，必賴克婁每日一顆，希樂葆每天一顆控制。本來病情一直都算穩定，一個月前的發炎指數CRP為0.66（正常<0.8），今天卻升到

1.47。奇怪，穩穩當當的怎麼突然變了。

當然要問原因，是不是熬夜還是超時工作。感覺假意閃躲了兩下，只停頓了五秒，就低聲說是家庭因素，雖說是低聲，但氣音很重，擺明了是同時說給後面站著的聽的。明明先生陪著看診，卻說是家庭因素，讓我可能不自覺的露出困惑表情。

繼續主動述說是因為婆婆住院，先生都去陪媽媽未顧她，聲音透著不爽。這什麼理由啊？難道男生該有妻忘了娘？雖然戴著口罩，一定又露出不以為然的表情，先生在後面看得清楚，馬上補槍：「我照顧媽媽，您說她這樣對不對？」這時她立刻搶答：「不是我不孝順，是不公平，因為弟妹都不管，都是長兄（她先生）一個人照顧，這樣不公平。」她憤憤的說。

差點開口，孝順是一己之心，若要講公平，那難不得要先秤斤掂兩？幸好口罩遮著忍下，欲言又止，在兩雙眼睛的等待中回說：「家庭問題弄不清楚不宜評論。」雖然四平八穩的即時閃了，卻又留著言不由衷鄉愿的懊惱！

先生說她性情烈得很，撇撇嘴斜著眼睛瞄她一眼說，已兩次一個人開車出走，無目的漫遊。心想，這嚇得了誰啊！走啊！也就費點汽油錢，繞不下去了還不就往回開。這種戲不能多演，兩次也就差不多了。萬一迷路了還得電話求救，難為情啊！

感覺有點偏了，畢竟抱怨的才是我病人，胳膊還是得向內彎。就再笑著跟病人說，世界上有個人可肆意怨懟就很不錯了！他對妳也很好，還每次陪妳看診。她眼睛眨眨，又慢慢露出笑容，氣氛也就逐漸緩和了下來。

都三十六年的婚姻了，嘔氣卻又同行，其實應該是早就相互摸清底了，應該沒踩到紅線，雙方配合飆個戲，跑到醫院來告白加和解，不但消氣又有臺階下，這時候外人怎麼能傻傻的攪和進去真說個分明呢！

不差那一眼

四十餘歲女性，一般家庭主婦的裝扮，樸實無華，有著步入中年的沉穩，只是少了些青春跳躍的音符。

由一位短髮微胖，著深藍T恤、暗色長褲的中年男子陪著進來，介紹是先生，也是面無表情的站在後面，可能是累了，感覺有些無精打采，帶著些許應付的神態，不知是無力、無感，還是無情。

不過夜診真的是辛苦的，白天累了一天，晚上還不得閒的來醫院報到，三長兩短的煎熬，身心的疲憊可想而知，更何況是陪著來的那位。

又是因為手指僵硬疼痛來看診，一個晚上已經四位新病人，都是相同問題，內容大同小異，看來這還真是繁忙社會中不小的困擾。

外觀看不出異樣，當然例行的要問職業，以及有沒有過度使用。她眼睛不由自主的瞄一下站在後面的男人，低聲回說：「沒上班，只有少許家務事，很輕鬆。」男人其實並未神遊，也沒有因她這一秒的遲疑自省而嘴軟，可能也亟欲撇清，直接清冷的吐槽：「整天玩手機，不是追劇，就是看 YouTube，欲罷不能，什麼事也不管。」真相大白，不由得興起意念，這樣的女主人，家裡不知會崩壞到什麼程度。

其實病人多半也知道原因，一點即通，來門診應該也只是要個確認，求個心安。

手指痛，既然戒不掉手機電腦，積習難改，多說無益，就只能建議用一陣子，一定要休息，多眺望遠處風景，順便又笑著補一句，或者多看看先生。

這一句觸動了心弦，輕輕向後白一眼，她悠悠的說：「他現在都不給我看了，說會不自在，然後還一直問幹嘛幹嘛。」站後面的此刻卻沒什麼表情，彷彿沒什麼好解釋的默認了。

幾十年的婚姻，也許是時間沖淡了一切，當年的濃情蜜意已在柴米油鹽中消磨殆盡；相看兩不厭的過去已換成相看必有事的現實；當然也可能真的已經心深烙印，一切如影隨形的不差那一眼了。

強者

六十二歲女性，上週因手指僵硬疼痛就診，外院醫師在類風濕性關節炎的診斷下開了許多藥，還強烈建議自費施打生物製劑。她覺得其實只要休息一下就好多了，因此前來確認診斷和治療。

一張醬肝色的臉，像被公車排放的黑煙燻透，再放入舊陶缸中封存了半世紀後出土，眼睛也混濁晦暗，整張臉找不到一抹白。粗短直髮有層次的亂，應該是下刀自剪時過度猶豫或手抖後的作品。一件T恤，像個套頭麻布袋長過膝，嗯！猜是刻意買了特大號；或許曾經是天藍色，多次洗滌後，抹上一層灰。上面印了白色斗大的英文字，一時間看不清楚，是 BOOK 還是 BACK 之類的不知所云。短袖下戴了汙漬滿布的袖套，下身是條暗褐色的針織彈性褲，套一雙破舊的橘黃色布希鞋。

原來是在精神病院服務的清潔工人，說一個人要負責五十至八十床，說有一百多

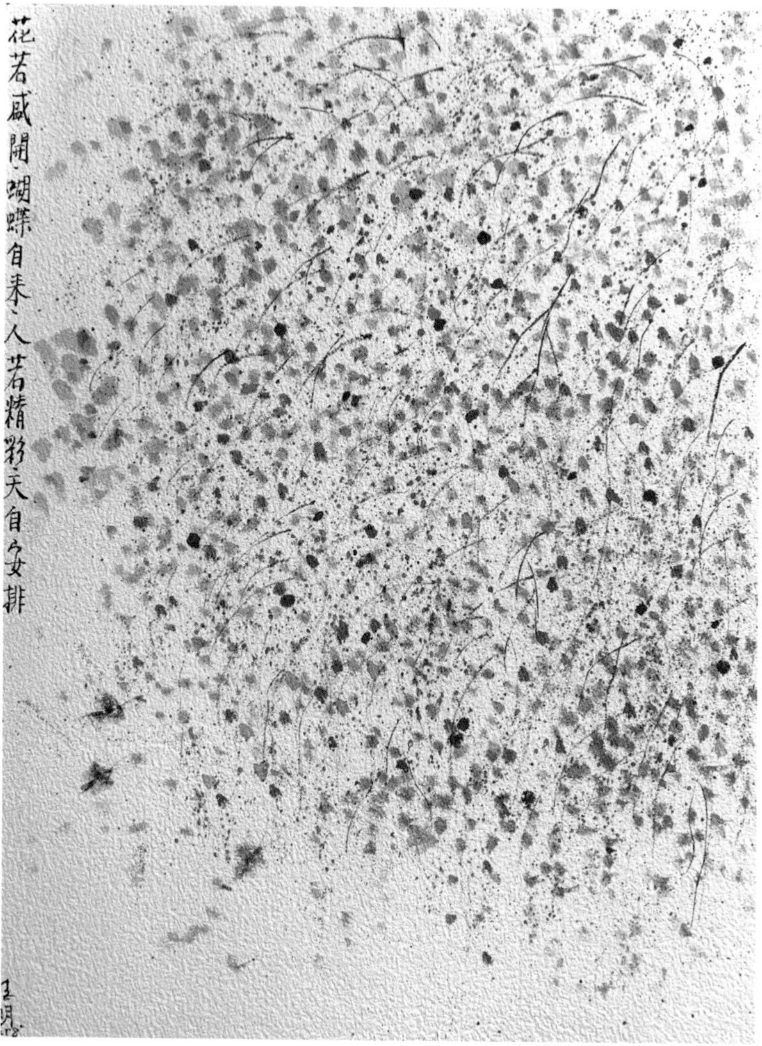
花若盛開蝴蝶自来人若精彩天自安排

坪，得每天拖地打掃，手上的活，聽來是滿重的。問診和理學檢查覺得不像是類風濕性關節炎，應該只是一雙辛苦操勞的手，就先減了藥，同時安排了檢驗檢查。

本週回診，衣服仍然是同款，當然一定是又洗過好幾遍了。正如前所判斷，血液檢查包括類風濕因子（RF）、抗環瓜氨酸抗體（anti-CCP Ab）等都是陰性；發炎指數、手部X光檢查也完全正常，診斷應不出所料。減藥一週，她也覺得一切如常，只能要她盡可能的少做些多休養。

她一臉嚴肅的回，工作接了就一定要做好，她愛乾淨，不但會做好打掃等本分，還主動免費幫病友剪頭髮，讓他們感覺清爽舒適有朝氣。回家還要照顧三個孫子，因為兒子媳婦也都要出去做工。她說，一切都是命，現在什麼都好說，做一天是一天，家人平安就好，她用平和堅定的眼神看著我。再接著說：「現在必須撐起來，還不能死。」一眼中閃著智慧的光芒，嘴角上揚帶著一抹堅毅。

強者未必在雲端，江湖處處皆強者，家事、國事、天下事，能承擔的都是值得尊敬的強者。

得失一念

女性病人，遠看高䠷亮麗，應該有一百七十餘公分高，白短裙，橄欖綠無袖運動衫，梳了俏皮飛揚的短馬尾，還戴了頂棒球帽，看起來婀娜多姿充滿活力。不過，因為戴了口罩，且壓低的帽簷下暗沉沉的，有沒「麗」其實不太確定。

主訴為右手拇指腫脹變形，雙手肘疼痛達三個月。視診檢查其位置和外觀，似是機械性傷害，應是過度使用造成。

但看起來就是個「好野人」，青春俏麗悠哉遊哉的舉止打扮，絕對是排富條款領不到五倍券那類。但仍然還是得問，是不是有做粗重出力的工作，因為確實有些行為是會超乎想像的。

緩緩搖頭，微微蹙著眉頭淡淡的思索，一副在聽天龍國話的樣子，應該是養尊處優了一輩子。看來是多此一問。

「不過要照顧孫子。」她突然歡愉清脆的笑著說。居然提到孫子，冷抽一口氣，眼掃一下電腦資料歲數欄，居然是六十三，真是保養得宜差了近二十年。什麼妝容聾笑都急速凍裂碎了一地，腦海自動浮出阿媽兩字，還捲著層層煙雲皺紋。

總得說清楚的娓娓道來，原來和一雙成家的兒女住附近，兒子最近剛生了龍鳳胎，女兒也接著報喜，家族一口氣多了三人，真不知該有多歡喜。但說因嬰兒脖子軟，年輕人不敢給他們洗澡，怕傷著，她技高人膽大，就包下成了固定差事。

看我居然隱隱投射出羨慕的眼光，就再加碼，每天還要煮十人份的飯，他們吃慣了，下班都回來吃。這句話足夠我回神，就迅速開了驗血單和簡單藥物，可能眼神也不自覺的飄出了同情。她倒沒在意，站起來還得意的補一句，現在年輕人蔥蒜都分不清，怎麼做飯。

這倒好，人生最快樂的就是甘之如飴、歡喜承受。哪有對錯，得失一念。

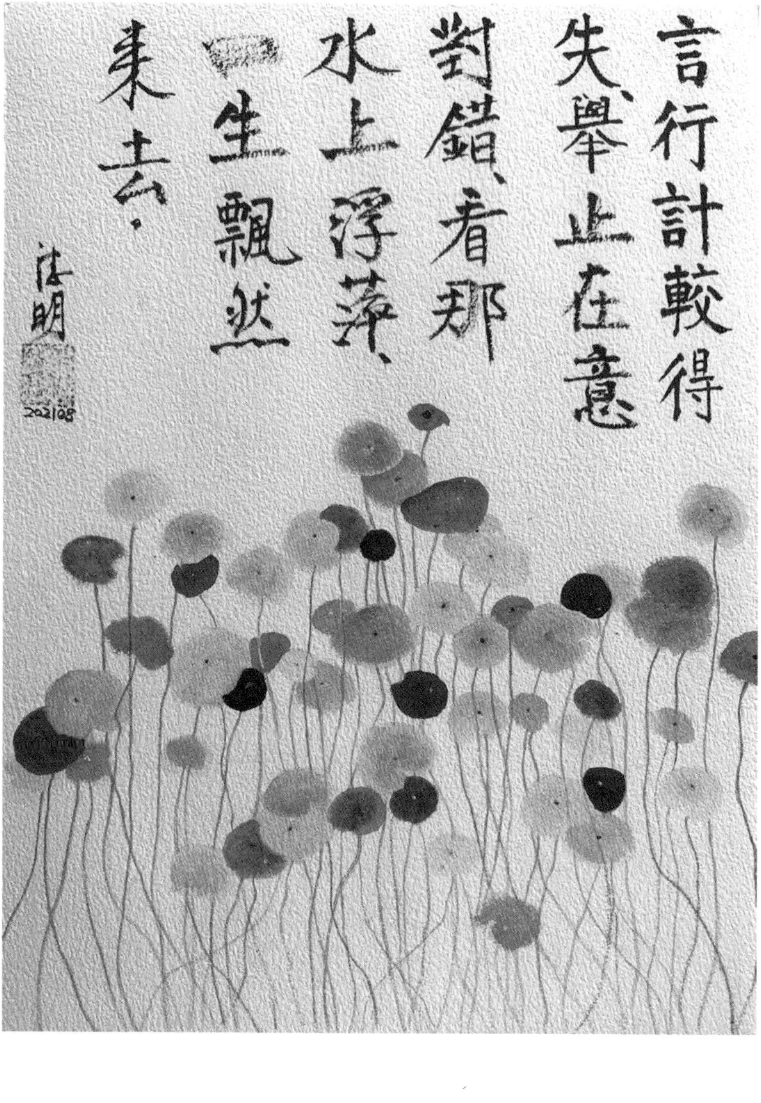
言行計較得
失、舉止在意
對錯、看那
水上浮萍、
生飄然
來去。
202108

遲緩兒

母親帶著女兒就診，母親豐腴潤澤，笑容可掬，著一件合身剪裁的套裝，看起來應該是個開朗隨和的人。

後頭跟隨進來的女兒，顯得乾瘦弱小，反戴著一頂網球帽，黑框眼鏡架在膚色焦沉的臉上，好像挺有氣質的靜坐在病椅上低垂著眼睛研究著自己的鞋面。

剛坐定，做媽媽的站在一旁就開講，完全發言人的態勢。略謂女兒近年困擾於反覆性口腔潰瘍，外院診斷為貝西氏病（Behcet's disease），用了長時間的類固醇和移護寧治療，但似乎效果有限，且副作用漸增，臉都圓了，故來求診。

先問潰瘍特性，並引導著接續。仍然是母親開口，說是每次發作都一至兩個，多位於嘴唇或口腔頰黏膜上，非常疼痛，每一、兩個月就要發作一次，大約一週左右才會消退。再問有無合併陰部潰瘍、皮膚疹、眼睛葡萄膜炎、關節炎等其他症狀，就怔症的全部搖頭。

反覆求證都獲得相同的答案，那貝西氏症的診斷即有問題。當然，最常見且單純的口腔潰瘍原因仍應該是壓力造成的，遂隔著透明隔屏，笑著問一直沒開口的女孩，有沒有什麼壓力啊？並舉例如考試、就業、交友等，這年頭，什麼樣的事情都可能發生，都可能是無形的潛在壓力。

媽媽瞥了女兒一眼，又笑著搶答，她哪有壓力，不上班不上學，每天待在家裡，什麼事都靠我，哪有什麼壓力。再補一句，她很依賴我，似乎還帶著些洋洋自得。

看一下電腦資料，女孩今年十九歲，正值荳蔻年華，怎麼會待在家裡面。心裡有疑問，或許流露出帶著問號的眼神，做媽媽的已忙不迭自動笑著補充說，她是遲緩兒，沒辦法上學，就待在家裡自修。

看她毫無顧忌的當眾輕鬆講著遲緩兒，有些訝異。誰願意被外人看穿看扁，有無焦慮的定義應該也不只是生活無虞就好。年輕女孩不上學、不上班、沒朋友、宅在家、靠家人，並不代表就沒煩惱沒壓力，也許正是壓力來源。

側身柔聲笑著緩慢清晰的問女孩，妳有沒有什麼緊張焦慮的事？女孩聲調平緩沒什麼表情的說，媽媽每次罵我，我就胃痛，怎麼沒壓力。但雖然看著我也瞄著媽媽，卻一點不帶火氣或情緒，好像在述說著別人的事情。媽媽再笑著補充說，我那哪是罵她，我都好意提醒，我不講她誰講。

其實有時真的不懂別人世界裡的思維應對，自己感覺震驚的事在別人卻似稀鬆平常，也只能婉轉的提醒心中的顧慮，及可能的壓力和口腔潰瘍間的因果關係。

每個人都有不同的壓力，每個人壓力的定義不同、來源不同、解說不同、耐受不同、抗拒不同、化解不同、影響不同。所以說要嚴以律己、寬以待人，應該就是這個道理。我們常看不到自己的問題，當然更遑論完全看懂別人的問題。

衷心期盼這對母女有更深的認識、更好的溝通，更強的信任和理解，也希望經過討論、檢驗、用藥後，真能解決她口腔頻繁潰瘍的問題。最重要的是讓這位年輕女孩有更正向有用快樂的人生。

突然耳畔飄過一首歌：「花少不愁沒有顏色，我把樹葉都染紅。」

家家有本難唸的經

五十餘歲女性狼瘡病人，門診也至少追蹤了十來年，病情尚屬穩定，每月固定回診。較困擾的是常有嚴重貧血，偶爾還要去急診室輸血。另一個問題是下肢血管炎，暗沉的腳常織起紅通通的纖細網絡，看得驚心，按了會痛。

今天暴雨中回診，雨絲掛在髮梢浸成一束束的，散掛在瘦削的面龐上有些狼狽。血液檢查數據其實還算正常，但她捲起泥濕的褲管，抱怨血管炎又發作了。

好端端的總得找個原因吧？馬上詢問最近有沒有多走路或久站。遲疑片刻回說，每週兩天要陪失智的公公去高齡中心復健，公公六親不認只信她，一定要全程陪著攙著，一刻離開都不行，除了她，誰的話都不聽，誰都制不住他的吵鬧。

「可否找張椅子坐著？」我想當然的問。

「那裡怎麼會提供椅子。」她訕笑著回。

「一週兩次還好吧？」無奈的再問。

未料她說其餘時間還要照顧婆婆，而事實上公婆根本早已離婚，望著我疑惑的眼神，緊跟著說，畢竟仍是先生的爸媽，沒辦法。

「為何不請外勞？」謂太貴了沒人付錢，且他們都指定要她，沒別人能取代。

「那有沒付錢？」雖然問得有些超過，但也迅速獲得答案。

「他們沒錢，我不付錢給他們就好了。」

看來白天沒指望了，「那晚上一定要好好休息。」也只能這樣說做個結尾了。

未料她接著說，公公失智屬夜貓子，四顆安眠藥也放不倒，愈夜愈興奮，別的都退化了，開鎖第一名，三道鎖都擋不住，幾次夜裡出去溜達，還要找警察協尋，所以她晚上睡不安，得隨時保持警醒。

問還有其他手足嗎？回先生有弟妹各一，她是長媳，只能扛起。「為何別人都不需負責照顧？」實在是不平則鳴。妹妹嫁到加拿大，說疫情嚴重回不來，我說那送人去也行，也是疫情嚴重不接受。

一股莫名之氣已冉冉升起，「他們知道妳有紅斑性狼瘡嗎？」我嚴肅的問。她說確曾告知此屬重大傷病，但對方不但說沒聽過這種病，還說生這種病的人是不是都是不想做事的。反正擺明了既不出錢也不出力，更過分的是還要頻頻越洋視訊監督狀況，有點問題就責怪照顧不周。

那弟弟在幹嘛？回說弟弟一家在臺灣，但擺明完全不管。有次兄弟倆為此爭吵，弟弟衝到廚房拿菜刀，差點出人命，她勸架反成了唯一受傷的，自此斷了聯絡。

「那先生怎麼不幫忙？」最後艱難的輕聲問出。畢竟男主角還一直沒出場。

「他公務出國，長年在外，但會寄家用回來。」說著已帶著淡淡的幽怨。

絕對第一等好媳婦，令人欽佩但也真的有點心酸。低頭再看看那雙腳，那些曲折的紅網未料牽起這麼令人惻隱又惜福的故事，雖然家家有本難唸的經，但這本實在是稍微艱難了些。

不要再唸了

四十一歲男性，約一百六十公分高，八十公斤重，屬ㄖ矮胖的體型，襯衫西褲的穿著規矩一應俱全，卻基本上看不到脖子，好像領帶結上就是嘴唇，臉上也少了陽光，眼神閃閃躲躲的，像在大樹下陰暗角落裡的一朵肥蕈菇，有些孤獨也有些落寞。

門診抱怨左腿根痛，甚至走起來一拐一拐的不良於行。母親陪同看診，一旁不斷沒有具體內容的唸，眼睛卻一直如影隨形的緊盯著，無一刻偏離，關愛之情溢於言表。不斷提醒他有高尿酸血症，但兩人卻始終保持著社交距離，因為都皺著眉，感覺沒那麼親密。母親身材亦屬矮胖，不像棵大樹，但卻提供了足夠的陰影。

無法一下有確切診斷，就先開了消炎止痛藥，讓他能迅速減輕疼痛，也安排了相關檢驗檢查。

今天回診，異常項目包括三酸甘油酯（TG）924，尿酸（UA）11.1。還真不是普通的高，這自然會連想到是否飲酒過量。

但再怎麼樣，痛風在髖關節發作也不多見，骨盆X光由電腦叫出來，清楚看到左側髖關節已有明顯的缺血性壞死，既沒有外傷，也沒有服用類固醇等藥物，更佐證了病人可能有長期酗酒的習慣。

根據二〇一九年一篇研究報告顯示，酒精引起的髖關節缺血性壞死，男性約占百分之七十七，其中四十歲以下占百分之二十八，五十歲以下占百分之七十六。平均酗酒期為每週四百毫升持續九點五（八至二十年）年，兩側髖關節同時壞死占百分之四十四點五，百分之三十八點四有高血脂，包括膽固醇和三酸甘油酯，而脂肪栓塞正是可能原因。

再問職業，答科技業。我對科技業是敏感的，上次有位幫科技業老闆開車的也說是科技業。但這會兒不好意思再深究，他自己說是在中國大陸工作，但必須喝酒應酬，且都高粱等級的白酒至少一大杯。

「你們科技業應酬這麼多呀？」我輕描淡寫的問，他點點頭，臉上有些凝重也有些迴避，明顯不想談這個問題，最特別的是眼神從來沒跟我對上，不知道有何難言之隱或難面對的事情，當然媽媽在場應該也是原因。

媽媽當然早開始在一旁噹，像喃喃自語般唸著，聽來像暮鼓晨鐘裡的誦經，低沉卻連綿不絕。內容大概就是什麼少喝一點呀！要注意身體啊！不斷倒帶，連我都聽不太下去。兒子終於不耐煩了，回嗆一句，妳不知道就不要說，眼神卻仍然沒有交會。

其實門診常常許多事也只能看個表象，問個大概，短短時間也不可能深入，尤其好奇心必須在保護隱私前掩埋，只要不影響大局也就不必追了。反正已抓著問題，只能請他再看個骨科，看要不要手術減壓或置換關節；這邊則開藥治療高尿酸和高血脂症，並建議他盡量少喝酒、減重、多運動，注意飲食。

出門，母親仍亦步亦趨的在後頭跟著唸著。其實人生真有許多無奈，他的辛苦也許也不是住在臺灣的母親能夠了解的。誰不想健康過日子、光榮顯椿萱，但真不必強將自己的標準，自己的模式硬套在別人身上，畢竟那是另一個生命，他一定會自己找到出口，默默關注適時挺一下就好，就真不要再唸了。

馬拉松

一對近八十歲老夫婦，流露著濃厚的鄉村氣息，土壤顏色的衣著好像從未變過，當然我也沒真細看。約一百八十公分高大的先生總陪著一百四十餘公分瘦小的老婆看診，那差距就像老鷹牽著小雞來訪，還總慢吞吞的移步進來。

男生當然站在後方，多肅立不動，些微傴曲的身影卻開展著呵護備至的隱形翅膀，一對柔情似水的眼睛總圍著老婆轉；女生則輕聲細語、嬌羞孱弱的蜷縮在診椅上，像個被豢養的寵物，但卻不時由那彷彿尚未完全掰開的細小眼睛，閃爍著明亮有如鷹眼的精光。兩人反差極大，真不知當初是怎麼配的，今生是怎麼度的。

罹患類風濕性關節炎已超過二十年，手指瘦削乾枯真有如雞爪，而隆起的扭曲變形又如獵捕中的鷹爪。近年因為有了生物製劑治療，病情轉趨穩定。也因為無痛無僵

檢驗正常，很快就結束了實質的看診。

可能覺得氣氛好時間夠非得消磨一下，老先生突然開口問問題，謂太太最近心跳較慢。「多少？」我簡單開口；「每分鐘六十餘下。」他也簡單回應。「有沒有不規則？」我再問。心中頓時想著，這有些超過了，八十歲老先生要怎麼知道是否規則。「量時沒有。」未料他立即很有信心的回答。「那好，沒亂跳就好。」我很快的拋回一句；「有沒有在跑馬拉松？」再突然補一句。兩人都露出聽不清楚的疑惑神情。再複述一次。兩人爆笑，說話的還是站著的先生：「還馬拉松，走路都走不動的要我攙著了。」兩人又相互笑著比手畫腳了一番。

當然出診間前還是叮囑有空看一下心臟科，畢竟算有些年歲了，不能真的以為沒事。但無厘頭的「馬拉松」三字可能急速喚醒他們一些遙遠的回憶、影像、憧憬和活力，依偎出門的腳步明顯輕快多了。

視障

可曾想過，若眼睛看不見，是多麼可怕的事。世界不是彩色的，不是黑白的，是黑的。看不見的眼睛不是眼睛，那是沒有靈魂的窟窿、是封死的窗戶、是壞掉的電視、是閉鎖的門扉。

三十二歲男孩，瘦高身材，五官端正，白皙俊逸，優雅斯文，細緻如瓷。主訴是左手腕疼痛，左手肘內彎變形還有些腫脹的持續了一年。在類風濕性關節炎的診斷下，於他院正以滅殺除癌錠每週六顆，必賴克婁每日兩顆，希樂葆每日一顆治療，卻效果有限。

因為右側肢體完全沒問題，對原來診斷有些疑慮，開了檢驗單，照了X光，預約了一週後再追蹤。因為問題都發生在左側，但看小動作應該是個右撇子，追問也是一樣，想應與工作無關，就沒再多追問職業類別。

本週回診，血液檢驗，包括類風濕因子、抗環瓜氨酸抗體皆為陰性，僵直性脊椎炎的遺傳因子 HLA-B27 也是陰性，尤其發炎指數CRP、ESR皆為正常。不過左手肘X光倒是有些特殊發現。

X光顯示左手肘撓骨頸有陳舊性骨折，還有些錯位及些微積水。覺得疑惑，才再問職業，回答真的讓我驚心。

原來他是視障按摩師，因為並沒有用助行器，沒戴眼鏡，外觀乍看下也絲毫不以為意。他說是先天性視野狹小，只知道自己的世界不正常，但並不知道真正世界有多大，講的無悲無喜，聽的卻脊背發涼。若他長得粗獷頹廢一些也好，偏偏是個漂亮男孩，尤其他的輕安自在更讓我扎心。

應該是按摩時以左手為支點且用力過猛，或對方是個肌肉緊實的胖子非得用力造成了傷害。或許他根本看不清楚顧客形態，這樣或可以想像並解釋為何是左手肘和腕部疼痛。

他說因為疫情已停業一段時間，九月又開始營業，症狀也隨之加劇，但說只要不是類風濕性關節炎就好。也許在他的認知裡，手是他謀生的工具，只要不是手的疾病就好，畢竟他右側是健全的。心痛他在說「只要」的那一抹笑意，人的心願也可以這麼微小、這麼容易滿足。

心中有些淒冷，但卻不能外露，其實露了對方也未必知道。今天有個黑瘦的小女朋友陪著來，我花了很多時間詳細跟他們解說可能的因果關係，也說會逐步減藥，再追蹤檢驗，先讓問題浮現釐清，再對症下藥。也協助加掛了骨科，看看錯位的部分還能不能再有所改善。他們再三道謝離去，我卻過了好一會兒才回神。

其實，即使你有一雙明亮的眼睛，你看到的世界就是真實的世界嗎？就是別人看到的世界嗎？或許每個人的世界是不一樣的，想起賈伯斯曾引用的這句話：「求知若飢，虛心若愚。」即使幸運的擁有健全的感官，也要試著學習讓自己更虛心、更開闊，打開再打開，去迎接美麗無垠的世界，並把看到的世界和別人分享。

找時間休息

四十來歲女性狼瘡病人，定期於門診追蹤，血液檢驗發現補體（C3/C4）明顯下降，代表病情有活躍的可能性。因為原本一向都非常穩定，覺得一定有什麼特別原因。

燙了個型似黑人女歌手的爆炸頭，不知道是不是為了好整理，還是自然捲，還是因為夜晚騎車，可以少戴頂安全帽，就黑乎乎蓬鬆鬆的頂在頭上。乾瘦的臉龐好像還散撒了幾顆青春痘，遠看有些淺坑洞，但笑起來仍很清純，眼睛也亮亮的。

通常不太問病情無關的問題，什麼是隱私，其實就不該問的少開口就對了。但今天卻應該要追問一下，因為病情有了變化，要弄清楚前個月到底有什麼特殊狀況，會不會影響到病情，也順便讓病人知道如何在日常生活中趨吉避凶。

她笑著述說，家住臺南，搭高鐵看診已逾二十年。哇！其實有些印象，但怎料到一晃已二十年了，眼睛閃爍，為這一份信任感動異常。幸好二十年過去了，仍一切如常，令人相當快慰。

她繼續笑著述說，家裡是做小吃的，已經三代了，她也在家幫忙，賣臺南有名的虱目魚粥和鱔魚意麵等。但因為疫情，不得內用，不過壓力未減反增，因為改成完全外送，必須快，且都是臨點現做，生意好時非常辛苦忙碌，幾乎無法休息。

知道餐飲業此時都非常辛苦，不拚一下可能根本無法生存，若開口講多休息，那是不食人間煙火，何不食肉糜的無知無情，因此只跟她講浪頭來了一定要站上去，打鐵趁熱，但品質要掛保證，不能丟了臺南美食的臉，當然也順勢調整了藥物。

她略帶羞澀的說，不然你哪天來臺南試吃。那可不一定，我立刻回說，一定是化裝後去抽驗衛生。她笑笑的走了，說要去趕火車。臨出門前不由得再叮囑一句，賺夠了還是要找時間多休息！

掛了號就好了

五十七歲女性，中等身材，暗褐色的皮膚，不是那種刻意曬過泛著金屬紅的健康古銅色，就古早豆瓣醬油醃漬過的顏色，還散撒著灰黑色芝麻大斑點。

穿橘藍雙色交叉的花格子襯衫，黑頭髮膩成一束束的搭在前額，猜不是剛淋過雨，就是三天沒洗，但外面明明豔陽高照。

感覺整體暗沉，但眉宇眼神間又流露出幹練的銳氣。開口就說是某電視公司張製作介紹並代向我問好。既然亮出了名號，一下想不出是誰也點點頭，反正沒差，總不能那邊請安，這邊問他哪位的不識抬舉。

主訴是雙手感覺僵硬三個月，當然依慣例就是請伸出雙手，手心朝下的檢視，快速掃描一遍，關節沒腫沒紅，其實看不出特別異樣。

但手一伸出來，觸目焦黃，像是裹了麥芽糖的細芭蕉。禮貌的問怎麼有些暗沉，也不由得把自己的食指伸過去和她比一下，色澤真的差很多，才發現自己的血氣還真挺旺的，有夠紅。

妳抽菸？冷不防的抬頭問，她一怔，淡笑著回這是不能說的祕密，公司裡沒幾個人知道。都燻成如此這般，若說不知道，應該也就是對方不想揭穿，或根本自欺欺人吧！但我還是移動那根伸出去很有血色的手指到嘴唇中間，表達守密。心中想著，我是要到哪裡要跟誰說她有抽菸啊？

她慢慢把雙手縮回去，也許為了感謝我的承諾或善意，有點阿諛的笑著說，兩週前還僵痛得要命，剛掛了號就好了，真是神奇。這個比說看到我就好了還離譜，就如行醫生涯中不下十次有人求神問卜擲筊而來，但也都一笑置之從沒認真過。

當然總是已有數十年功力的不老師父了，說不定無意間還練就了隔空抓藥遠距診療的絕世神功，仍免不了不切實際的甜了一下，飄起莫名其妙的陶醉欣悅，身軀都輕盈了起來。

也就是十秒的神遊，還是立刻凝神收心的回到現實，緩緩合攏口罩下笑開的嘴，正襟危坐、刻意老成的壓低聲調，一副充耳未聞不為所動的開了檢驗單好讓科學說話。

老鷹之手

六十七歲女性，主訴手指僵痛，已是第二次回來複診。理學檢查視診即可明顯看見手指遠端的關節變形，唯血液檢驗包括類風濕因子等皆正常，手部X光檢查就只見退化性關節炎變化。其實和前次來診時的臆測相同，雙方都鬆了口氣。

六十來歲卻伸出一雙老鷹之手，當然這應該不是挖蓮藕造成的。

「老鷹之手」是一部關於臺灣嘉義牛斗山蓮藕農民的紀錄片，於二〇二一年五月榮獲坎城世界影展最佳紀錄片、最佳攝影及最佳女性導演獎，且已正式上映。

看穿著、談吐應該並非藍領階層的升斗小民，但若真是養尊處優的生活，為何會有這麼雙操勞的手。這把年齡當然也不必再問職業了，只能問過去從事什麼工作。也回以優雅的輕緩搖頭，一副天塌下來有別人頂的好命態勢，就正港的閒閒無代誌。

這當下確實是有些好奇，但也只能看病人本身是否願意自由發揮了。停頓了數秒，她瞇著眼睛，微笑著開口繼續，她有老伴，還和兒子同住，生活優游無虞。

那家事誰做？自然的接口，再接著問：「不會都是妳在做吧？」因為過去經驗，許多人是上班清閒，下班後才是戰場。

點點頭，然後開口，「兩個字。」她慧黠的拋出，眼睛又瞇成一條線。心想，我忙得很好嗎，怎麼玩起猜字遊戲了。就隨口回應「苦命？」「孝子？」她依然氣定神閒，先搖頭再笑著回，是「of course」，未料對方是玩英文猜字。題目是：「不會都是妳在做吧？」答「當然」，還真是言簡意賅的精準，且似乎洋洋得意神氣得很。

接著說，兒子媳婦都要上班。我只有一個媳婦，她若累倒了，兒子也不會好過，所以家裡就我負責三餐兼打掃，語調輕鬆自在，顯出捨我其誰的氣概。

有這麼開明通達的想法，這麼甘之如飴的心態，也不愧擁有一雙老鷹之手。能展開雙翅翼護他人且引以為傲的，都是睥睨天下的老鷹。無論販夫走卒、達官貴人，即使手指再粗糙、再扭曲，依然是美麗且值得尊敬的，都應該雙手豎大拇指喊讚。

抬頭紋

三十八歲女性，罹患全身性紅斑性狼瘡多年，定期回門診拿藥並檢驗追蹤。五官娟秀，但臉上應該撲了粉也掃了妝，就是霧面板金的殼，透著些許粗糙的凝重，聲音也有著所謂菸嗓的啞，像髮梢分了叉。

病情穩定，也沒有任何不適，醫療部分輕鬆就結束了。起身前，她突然開口問，「可否打肉毒桿菌？」對這些非屬常規的處置，總不假思索的直接回「不」，何必附和著去增加不必要的病情干擾因素。

解釋說是想用肉毒桿菌注射額頭，因為有抬頭紋，會顯得老。其實看起來就淡淡兩條橫批，根本還好。一邊抬頭看她並回應，一邊拚命繃緊自己的額頭，下巴不由得抬得老高。其實需要的人在這邊好嗎！卻真從沒想過，明明多此一舉。

又說是辦桌流水席，總是得要唱唱跳跳。原來她的職業是場子內的唱跳歌手。不是疫情關係都停了嗎？接著問。回說最近又已陸續開始，唱跳生意又逐漸旺了，特別補充「但還是要戴口罩」，應該是她希望能表現得年輕些，呈現最美好的一面。

「會不會很貴？」乾脆問清楚。她瞇眼算一下，回說大概打完要一千元出頭。反正不知道行情，就開玩笑的說，那還不如等下健保部分負擔費多繳一些。

肉毒桿菌素（Botulinum Toxin）因可阻斷神經末梢釋放乙烯膽鹼，使過度收縮的肌肉放鬆，故據稱可治療抬頭紋、魚尾紋。文獻上目前也並無造成狼瘡病情活躍的相關報告，基本上應該是安全的。只是若無來由的想輾平歲月的軌跡，那就大可不必。

當然許多事情各有不同背景、需求，難謂對錯，也沒有絕對的可否，對生活上的問題，更不能單由死板的課本知識考量，只能彼此權衡利弊，並嘗試做最有利的選擇，只要沒有傷害就好。

思維快轉到這裡，才再緩緩、緩緩的抬起頭，並不斷提醒自己，這點小事，千萬不要激動，千萬不要有太多情緒，千萬不要擠眉弄眼，千萬不能對影成三線，然後再輕聲的說，打得有效要「食好鬥相報」。

無言的深情

二十來歲女孩，看起來內向乖巧，著黑白兩色裙裝，淡淡悠悠的，卻散發著濃濃的學生味。

由約六十來歲的父親帶進來門診。父親高壯，身著洗舊泛灰的紅白條T恤，暗藍色便褲，面容焦急卻欲言又止，只說了句：「這是我女兒，她被懷疑是全身性紅斑性狼瘡。」就帶著迷惘的神情靜靜的坐到一邊。

女生側坐著，也側著臉看人，一頭長髮濃黑，像染墨的瀑布，交談時面轉過來，其實就一般的大眾臉，但有一雙很拉丁味的深邃大眼，眉頭也濃，嘴脣稍厚，身材卻瘦瘦小小的。

原來媽媽是南美洲的智利人，不說還真一下子看不出來是混血兒。她完全不會中文，只能說西班牙語和英語。

說中文，她不通；說西語，我不會；也就只能用英語溝通了。

既然懷疑全身性紅斑性狼瘡，就以問診開場。沒有發燒、沒有面部紅斑、沒有光敏感、沒有關節炎，也沒有口腔潰瘍，只是最近有明顯掉髮，且抗核抗體ＡＮＡ陽性，所以在當地被懷疑為紅斑性狼瘡。

既然有懷疑，當然就必須排除或確定，但全套檢驗單開下來，應該所費不貲，請護理師粗估一下，可能要一萬元左右。問一下有沒有臺灣健保，做父親的一旁說，還要兩個月她健保才下得來，現在仍沒有健保身分。想想就說，其實沒那麼急，要不要過兩個月再來驗。

做父親的卻毫不遲疑的說，沒關係，早確定早治療。看來對女兒就是不一樣，完全不考慮金錢。但他說完就先出去了，留女兒一個人在室內，想一定是彼此都很注重隱私，留些空間好讓我們私下聊。

感覺得出來，父女倆似有些說不出的隔閡，彷彿隔了一層紗，看完問完結束前，特別笑著對她說，妳有個好爸爸，他願意為妳付出一切（He likes to pay everything for you）。又想多管一下閒事，順便拉近父女關係。

大眼睛瞇一下，她愉快點頭，但說只是父親不會西班牙語，也不太能說英語，他聽不太懂我說什麼，也不大能溝通，說完後嫣然一笑的出去。

腦袋停轉了一刻，這是怎麼湊在一起的家庭啊，那麼媽媽應該是用中文和爸爸溝通吧，可能是女兒沒學中文，爸爸西語、英語也不輪轉，卻組織了一個家庭，只有賴媽媽和與生俱來的父女深情做橋梁了，好在家的大傘總還能遮風避雨吧！

燻黑的肺

老先生八十歲，罹患類風濕性關節炎已十九年，目前主要以生物製劑「恩博」控制，病情穩定。

但他一走路就喘，也常咳嗽，胸部X光、電腦斷層及肺功能檢查皆顯示有肺纖維化，且有慢性阻塞性肺病。近年來關節都表現稱職，肺反而變成罩門。

今天由太太陪著來，護理同仁聽到他急促的呼吸聲也特別投注關切。原來他們每次都搭捷運，還得走一段路才能到門診，光這段路，對老人家來說就挺辛苦折騰的。

就由問還有沒有抽菸談起。眉頭一挑，耳背的他大聲回：「戒菸已七年了。」馬上接著坦白：「不過當年確實菸癮很大。」

一提當年，興致就高昂起來，眉飛色舞暢談當年勇。這是門診的雷，若時間緊迫，千萬不要和上了年紀的人談當年。

謂四十歲即任陽字號驅逐艦艦長，當年應該算是天下第一幼齒艦長，可謂最年輕就在海軍擔當大任者。

陽字號軍艦是中華民國海軍於二次世界大戰之後由美國取得的驅逐艦之通稱，因為每艘軍艦的艦名當中都會有一個「陽」字，如安陽、昆陽、貴陽、慶陽等，他們縱橫臺海，無役不與，當年可是捍衛海疆的主力，也是臺海安定的基石，艦長應該都是少將階。

他口沫橫飛的繼續說，當年四個月就航行一點八萬公里，根本沒停過，幾乎都是四海遊龍的以艦為家，眼睛閃爍著光芒，彷彿又回到穿著軍裝乘風破浪的年代，精氣神全回來了，背脊都挺直了，也不喘了。

偷眼看一旁隨行的太太，怡然自若，還露出以夫為傲的神采，完全不計較被冷落形同遺棄的時光。當年的軍人軍眷就是這樣的生活，這樣的情操，一切以國為重，以犧牲為榮。

再接著說，船艦進港很緊張，不得有誤。進基隆至少四十分鐘到一小時，進高雄可能更久，艦長要站在艦橋上指揮，因為壓力大，香菸就一根接一根的不離手，一趟要抽掉兩包尼古丁最重的寶島牌香菸，說得眼睛發亮，右手食指和中指緊緊夾著，彷彿就要吐出一口煙。嗨到最高點，聽眾全都聚精會神，突然尷尬一笑，人也縮了下來，低沉的說：「現在會喘也就沒得怪了。」

總曾叱吒風雲，總是護國英雄，遲暮之年，當然應悉心照顧，尤其是那為大船進港燻黑的肺，當然還包括關節。

深層的痛

二十七歲男孩，由臺中搭高鐵來看診，由一位資深媒體人全程陪同，據稱已罹患僵直性脊椎炎六年。這位媒體人還先進來打了招呼，報了幾個認識的媒體朋友名字，關係鞏固了，過一會兒才帶病人進來，並和我表現得非常熱絡，好像多年熟識的好友，當然男孩父親是個大人物。

還沒開始看，就先傳話，那位成功的父親說，用任何自費生物製劑都可以，錢不是問題，只要他不痛。聽起來父愛滿滿。其實這種病最難看，對方梭哈了，這廂卻扭扭捏捏的全無把握，哪有撒了錢病就好了，尤其還未必是單純的身體問題。

男孩戴黑框眼鏡，但感覺像戴了墨鏡，仔細一看，亮白玻璃後是濃重的黑眼圈，還真是漆黑的墨。穿著極為普通，就學生裝扮，襯衫、牛仔褲、夾克、球鞋，也不是名牌，看來是個乖小孩。但整個人看起來，帶了一絲畏縮的窩囊。

為了止痛，目前正服用類固醇、及通安錠各早晚一顆，移護寧每天一顆，不但無效，臉圓了還全身痛。於是安排了血液檢驗和X光檢查，先弄清楚究竟怎麼回事。

今天二度回診，檢驗顯示，類風濕因子陰性，僵直性脊椎炎遺傳基因 HLA-B27陽性，發炎指數ESR只有2，CRP<0.1，顯示測不出發炎，且骨盆X光正常，至多診斷為血清陰性脊椎關節炎。但既然沒發炎，為何這麼痛呢？

痛還不止是下背痛，是全身廣泛性的到處痛。探索鏡框後的黑眼圈，想到了纖維肌痛症，問有無睡眠障礙，這次陪同來的小女生點點頭；再探詢有無特別壓力，兩人同時點頭。陪同來的媒體人幫腔說：「他想跟父親比，想比他父親強。」但講得虛偽，明顯言不由衷。反而應該是父親給了他極大壓力，是無法承受之重。

問有無聽過纖維肌痛症，未料居然點頭；再說到這種疼痛可能要服用千憂解、利瑞卡才能緩解，未料他全吃過，看來他並非不知道自己的問題。

心中一陣酸楚，誰說含著金湯匙出生的就一定少半輩子努力。若沒有良好的家庭支持和正確認知，可能適得其反。揠苗助長落得個虎父犬子，那可不是花錢即可消災，再好的生物製劑也挽回不了那種無奈又深層的痛。

做婆婆

下午診，一位四十來歲女性類風濕性關節炎病人，一向都規律的定期回診，看驗血報告，順勢調整一下用藥，病情也一直都還算平穩。

這次發現發炎指數CRP為2.68，遠高過正常值的0.5，也遠超過她平常的紀錄。檢視病歷好像失聯了一個月，非比尋常，就關心一下的問，是有什麼事情嗎？為何不按時回來看診？

原來是急著陪二十餘歲的兒子住院開刀，但每日仍得陪公公去老人養護中心，她緊皺著眉頭說，蠟燭兩頭燒，婆婆還一直在耳邊嗡。

知道她忙，上次已開了慢性病連續處方箋，卻不小心遺失了，遍尋不著，預掛時間又未到，再一忙碌，就不得不斷藥了。

其實公公已失智，但精明的婆婆仍耳聰目明盯得緊，還怪她丟三落四的連藥單都

掉了，因沒吃藥，四肢僵硬，幹起活來都不俐落。以為確實是自己粗心，也就啞巴吃黃連的吞了，連關節疼痛也不太敢哼。

因為公公白天固定要送去老人養護中心託顧，她還得陪著去，那裡的照服員為訓練公公臂肌，建議摺紙飛機再不斷的丟。公公認真的玩也玩得開心，還自備紙張。飛機滑翔得遠，公公高興，媳婦也跟著拍手，還幫著撿拾回來交給公公重複再丟。

但突然發現怎麼紙飛機上有自己的名字，仔細一看，原來是公公拿了她的慢性病連續處方箋珍藏著，特別準備在上課時摺紙飛機，難怪哪裡都找不到，當然更沒辦法領藥了。

看著公公的童顏歡笑，當然不便發作，其實也說不清楚；想去跟婆婆澄清理論，根本不是自己問題，是妳先生的問題，卻又猶豫的躊躇不前，反正講了也沒用。但身體不舒服就算了，被嗆的終究有委屈，隨口問我該怎麼解決？家務事，各有難唸的經，治絲益棼，哪真有解方，就迅速的回應，快催兒子結婚好做婆婆，一陣哄堂。

當然大家都知道是玩笑話。不過其實也是提醒，己所不欲，勿施於人，若真當了婆婆，就要心寬口惠，一切以下代的幸福為考量，少唸多做就對了。

終得偕老

一位打扮得光鮮雍容的中年婦女，帶著一位老先生走進來，老先生不苟言笑，一屁股就坐下來，淵渟嶽峙的如一座石雕；婦人自然隨和的移動到我和他中間。

應該是位榮民伯伯，有稜有角的面龐散發剛毅英氣，帶著歲月的滄桑和沉潛的冷冽，眼神透著光芒和剛毅，還有點桀驁之氣。塵土顏色的襯衫，洗滌到黯然失色，暗紫紅毛背心、米黃夾克套在精瘦硬朗的身上，陳舊卻掩不住精神矍鑠，令人難以置信的是已高齡九十。

女主角則個性開朗，合身套裝剪裁得宜的套著微胖的身軀，但漏了喋喋不休的朱紅大嘴，理所當然成了現場主持。

喊著並同時比畫著，說老先生是右腿跟疼痛，尤其坐著要站起來時加劇，舉步維艱，但走一陣活動一下就沒問題了。看著沉穩不語的老先生，淡定卻讚許的神態，彷佛描述的沒一字遺漏，也沒一字贅述，就是非常滿意、非常信賴，眼神中不斷冒著欣賞的泡泡。

想夫妻間的話語，難道天地間早已框好了額度，總一個多話，一個寡言，就加起來剛好。

女士很滿意彼此的配合和默契，笑說兩人差了二十九歲，今年剛好結婚四十週年。換句話說，她今年六十一歲。說當年五十歲的他娶了二十一歲的她，全家反對，但她堅持。今天回想，仍覺得當初的選擇是對的，是幸福的，說他每天炒菜給她吃，疼她如同女兒。笑說希望他能活一百歲，要慶祝結婚五十週年。老先生仍然不動聲色，拿著檢驗檢查單就跟著出去了，不知道是否真的滿意太太算的天命和給的安排。

愛情或許正如同醫病關係一樣，不因年齡、宗教、種族、國籍、貴賤或地位不同而有所差別；來時是沒有對錯的，就是姻緣，願天下有情人終成眷屬，終得偕老。

跳脫泥沼

三十餘歲狼瘡病人，五官精緻，皮膚白皙，一對嫵媚的眼睛卻始終魂不守舍，像徘徊踱步般漂浮著狐疑和警戒；氣質書卷，舉止嫻靜，卻散發著濃濃的憂鬱和暗沉。一直以來，診間交談都非常專業簡明，平鋪直敘的純粹科學，以免橫生枝節。

這次來，明顯的疲憊，彷彿裹著一層滾滾灰霧。其實一向如此，只是此次最為迷茫。披肩的長髮很亂，像被主人遺棄的波斯貓，整個無精打采的捲落。檢驗顯示病情再度活躍，心中好奇不知是發生了什麼事。

最近有熬夜或工作太累嗎？醫療上仍然必須問一下，畢竟有責任盡量引導病人走在正常的生活軌道上。她皺著深鎖的眉頭，幽怨的緩緩訴說，最近遇上了詐騙集團。心頭一驚，這可非同小可，也就難怪了。

原來是新買的房子要裝修，三十坪大，裝修預算六十萬，言明要綠建材，卻完全不合規，住進去就頭暈，找技師來驗，不但甲醛超標，所用材料和訂的合約還差了兩級，拆掉又多花了八萬，律師費一萬八，預算爆棚還纏上訴訟，問題沒解決，買了房子卻住不進去，嚴重焦慮到睡不著覺，希望乾脆加開個影響病情的診斷證明，好再向對方加碼索賠。

講這麼多這麼細，應該也只是想一吐為快的宣洩一下，只是愈聽到結尾愈感覺混亂複雜的想停。醫師的天職是協同病人和疾病奮戰，並設法降低風險維護健康，但若涉入生活，尤其牽扯到已進入司法程序的私務，就可能偏了專業立場。也就只能聆聽著給予精神支持，並順勢說明相關規定。描述病情的證明當然天經地義，但其他因果原由的連結，就礙難多所著墨。

確實是個明理女孩，淺笑一下沒再繼續。結束前就再多所鼓勵，錢財事小，健康卻無可取代，千萬不要陷在泥沼中作繭自縛，無法彌補的事就盡快讓它過去，當是破財消災。誰先跳脫，誰就能更早回歸快樂日常，並擁有隨之而來的無價健康。

診間如同人間

農曆年前，大家的心都莫名的騷動，像個門檻，總是要歡樂的跨過去，幾件趣事，和大家分享。

五十歲女性，罹患全身性紅斑性狼瘡多年，目前僅以隔天一顆的移護寧和必賴克婁維持病情，因狀況穩定，補體 C3/C4 檢驗也正常，就再提議減藥。她皺起了眉頭，全身頓時繃緊了的搖著頭，說要過年了，還是穩定點好。

通常用藥我會稍微堅持，畢竟是專業，為減少藥物副作用、減少傷害，一定要適時做到斷捨離。她其實也抗拒了很多次，看得出來緊張，應該是依賴慣了，心理上還沒準備好。

想想算了，畢竟是年前，就下次再找個黃道吉日商量吧。她如蒙大赦，彈跳起來，踉蹌的向外走，但仍然不忘禮貌，回頭結結巴巴笑著對我說：「我……提早……跟您

說……『祝您生日快樂』。」場面瞬間凍結，她腳一跺，相信在找地洞，只能非常困窘的改口，噢，不不不，是祝你新年快樂。不禁莞爾，天啊！怎麼把人家嚇成這樣。

五十來歲女性，罹患全身性紅斑性狼瘡多年，這次補體 C3/C4 檢驗值較平時明顯下降，人也掩不住的疲累，應該是年終工作量加重，病情有些活躍。為了讓她過個安穩的好年，就提議加點藥，她卻頻頻搖頭，坐著的身體也向後閃躲，明顯的肢體語言，知道是有些抗拒。

她擠著笑容說道，因為過年要全家團聚，要住到鄉下夫家幾天，媳婦過年要好好表現，不能晚起，小孩過年總要帶回去給他們看一下，自己總得光鮮亮麗，妯娌間不能漏氣，藥不要加了，保證一定會好好調整作息，下次來就會恢復的。才知道大家族過年的眉角，那桌面下的暗潮洶湧，與醫師和病人所謂共享決策（share decision making）的困難。

一位中年婦女，確診為乾燥症，暗藍的衣服，黑沉的臉，陰暗憂鬱，連離得近的我，都感受到那骨子裡令人哆嗦的冷。卻笑著對我說：「很感謝你，上次看完你當天就好多了，謝謝你讓我如釋重負。」掏出《醫中有情》書冊要求簽名，心裡高興，當然從善如流。她接著說：「很喜歡你的書，尤其是〈看海〉那篇中的一句：『人生最快樂的也許不是當下，而是回憶時的甜蜜和坦然』。」有些受寵若驚的得意，其實忘了寫過什麼，回家翻閱，心中一陣溫暖，文字能帶給別人歡愉，有些正面力量，是非常令人欣慰的。

一位患僵直性脊椎炎的年輕男生，約一百六十公分出頭高，病況穩定，總來拿慢性病連續處方箋，三個月見一次。看著顛巍巍的肥胖，行動時地心引力拉扯著彈跳的贅肉，不禁笑問，現在體重多少？迅回九十就想閃。決定再砍一刀，再問是四捨五入，還是零頭不計。他遲疑一下，是零頭不計。根本就快破百了吧。

儘管過年，還是提醒大家要注意體重，千萬不要放任飲食。節制的方法無他，就是每天在體重計上，對數字斤斤計較的檢討反省。

乾癬女生，剛來時每次都先生陪，從以前臭板著臉，到現在笑容可掬，連頭髮都剪短了，看得出身心上的轉變。他怎麼沒來，我笑著問。嫣然一笑的回，他在家洗窗戶。噢，要過年了，總得萬象更新，家家戶戶還是很多事情在忙著的呢。

小時候，因為是家裡唯一男孩，過年都我負責洗窗戶，窗子全拆下來洗。水管沖泡沫，菜瓜布抹窗檽，媽媽總誇洗得乾淨，往事一下滿溢心頭，說不出的甜美。現在不洗了，兒子也沒幫著洗，就有些朦朧的美吧，反正臺北雨多，一切還是自然些好。

有個纖維肌痛症女生來門診，看了幾次，終於減了藥也露出笑容，她已學著抗拒疼痛和心中的焦慮。也由背袋中掏出《醫中有情》一書要我簽名，還要求寫些勉勵的話。童心一起，特別寫了「免驚」兩字，感覺像在畫符。這種病心理因素很大，要給她力量，或許加點旁門左道也不為過吧！

有個病人來說，我好喜歡看你的診間故事，但你不要寫我噢。其實診間如同人間，每個人都是一本書，都好多的故事，我們在故事中學習、在悲歡離合間成長，若有所悟、若有所成。伸個懶腰，結束忙碌的門診，天漸暗了下來，但感覺陽光燦爛，是美好的一天，也祝福大家。

魔鬼你也救

老遠喊著「活菩薩、活菩薩」，聲音爽朗、笑意盎然，如一陣風般的快步走進門診。人好久沒見到了，但聞聲知人，因為用的是特殊通關密語，也就是前文提過的那位有些家底也曾開過計程車的舊好男人。

平頭短髮染黑，但黑得很人工，帶些硫磺色，或許錯覺中年輕了幾歲，但其實怎麼染得過歲月。不過乍看氣色、精神、心情倒都挺好的。

我故意說：「你怎麼可以走在她前面？」她就是那位很「恰」、很憂鬱、很會抱怨的三十年狼瘡老病人，這會兒卻乖巧的跟在後面，表露幾十年沒見過的溫婉賢淑。天地間本就一物剋一物。

他輕鬆自在毫不以為意的繼續對著我笑喊著：「魔鬼你也救？魔鬼你也救？」哇！以為聽錯了，膽子怎麼變這麼大。緊跟著他又再喊：「你害苦我了。」反諷的幽默，倒還挺有創意的。

後面跟著的那位被稱為「魔鬼」的，仍笑吟吟的靜靜不說話，也毫不以為意。先生戴淺綠色口罩，她戴淺藍色，口罩顏色也要強碰一下。

先生回憶三十年前她病情危急，在急診室等床的焦慮和憂心。三十年一晃而過，她卻病情穩定一如常人，不但做了阿嬤，人生也依舊多采多姿。現在來門診，也就只是驗驗血追蹤一下，紅斑狼瘡根本就只是心口上的硃砂痣。

今天除了例行走一趟，應該是刻意來敘舊的，她雖然不說話，但晶亮的眸子在彎月的眼中充滿溫馨笑意，似乎此刻回顧，才覺得人生精采值得，早年的擔心焦慮根本都是多餘的。

臨走，兩人先恭謹的道謝，先生再一路嚷著「魔鬼你也救、魔鬼你也救」的口號，如一陣風般的笑著離去。

原來魔鬼、天使，也不過一念之間，口中魔鬼其實心中天使，或許愈折磨人的鬼，才是前世冤親，今生最愛。

小行李箱

護理師開了門，向外喊了下一號。診間門在輕微撞擊聲中慢慢推開，一位女士拖著一個好像要登機用的小行李箱，繞轉著圈圈進來。應該是雙方默契還沒培養好，絆手絆腳的像牽著一隻鬧著脾氣的馬爾濟斯。

曾經有過老病號，自己知道狀況不佳，直接帶著行李家當來門診，擺明了準備住院，就等你簽一張床。推著行李箱來的其實也不足為奇。

迅速看一下電腦資料，不敢置信的是女士已八十七歲，外表還真看不出來。其實病情倒算簡單，應該就是膝蓋和手指的退化性關節炎，另外乾燥的皮膚上有些癢疹罷了。難道這樣就想住院？應該門都沒有吧。

眼睛駐留在她梳理整潔的一頭烏黑短髮，乾淨俐落，愈顯自信有型。心想一定是大量使用染髮劑才搞得皮膚過敏。不浪費時間，開口就劍指核心的問：「染髮劑用多了吧？」心想一擊就中，也免得等下拖拖拉拉的磨蹭在是否要住院上。

未料到她把頭髮一甩一撥，頭一揚，嘴抬得老高，得意的說：「全真的，就從沒染過。」當場打臉的落了下風，那一頭的烏溜溜，可能比我十年前還黑，實在令人羨妒。

頭髮是沒得較勁了，改轉向她的馬爾濟斯找麻煩。輕聲有禮的說：「您皮癢骨疼的都老毛病了，這哪需要住院啊？」

未料她又柔著聲音回答：「我好得很，知道都是小毛病，你請我住我也不會住。」哇！否定兩次就有點倚老賣老了，好歹也給個面子，難不成剛下飛機。但仍耐著性子壓低了聲音問：「那您拖著行李來是怎麼回事？」她這才恍然大悟的瞪大了眼睛說：「那是空箱子，只是當我的手杖用，拿個枴杖到處跑有多難看，這個又穩又牢，別人以為我出門旅遊呢！」

轉頭還對我意味深長的嫣然一笑，彷彿在殷切的告訴我，人生的路長著呢，要多長知識。笑臉上皺紋擠成一堆，像被撕揉過的宣紙，雖顯老態，但終究展露著歡愉和睿智。看來人老心不老，且創意十足。難怪人家髮黑心朗還到處拋拋走呢！真是學海無涯。

五樓孤鳥

近七十歲女性，罹患全身性紅斑性狼瘡可能已超過二十年。由疾病診斷開始就跟著我，一路走來，顛顛簸簸卻始終如一。向來準時門診，話少人柔，總帶著溫婉的淺笑，眼睛迴閃著微弱的光卻盈盈的彎著，像春天的小河一樣汩汩的流著，不驚不擾。很難想像歲月的步伐，艱辛蹣跚規律的走著，回首卻僅見滑過的灰沙和淡淡的煙塵，甚至已了無痕跡。因此行走間一定要恬適靜好，因為逝者如斯，又何苦執著計較。

近一年來，都是先生來代診拿藥。老先生古意鄉土，卻彬彬有禮，總簡單述說她的近況，再鞠躬道謝離去。得知她已輕微失智，且行動不便，但據說仍記得我、念著我，令人動容。

當她用歲月的橡皮擦，輕輕抹去腦中的墨跡和刮痕，卻不經意的將我遺留下來，應該要不就是疾病的苦刻骨銘心，要不就是感念的心牽腸掛肚。而無論如何，都是值

得我們深自警惕內省和感恩的。

原來是住在舊公寓的五樓，沒有電梯。當年買房時年輕，上下衝著跑，根本不以為意，也許價錢低些，年輕夫妻總覺得賺到。一樣的坪數格局，高些不但少了蚊蟲還多了視野，或想老傢伙們才會住一樓，至多等老了再搬就好。

未料一晃，數十年就這樣過去了，人莫名其妙就老了，好像總找不到時間點換房，人卻漸漸跑不動了，上去就不想下來，下來就不想上去，住慣了，不想搬也搬不動了，失智加上輕微失能，五樓成了孤島，人成了孤鳥。

幸好先生仍體健情深，又有個未婚女兒同住，若要出門，就只好背下來再背上去。不由得向他豎大拇指，換得先生苦笑著回，好累，但沒辦法啊。

夫妻本是同林鳥，苦難臨頭就相伴飛吧！

比醫師還厲害

七十二歲女性，罹患類風濕性關節炎超過二十年，仍然活蹦俐落。女兒陪著來看病，病歷上記載著目前正主要以滅殺除癌錠每週四顆，希樂葆每日早晚各一顆治療，病情一向穩定，慢性病連續處方箋一開就三個月。

今天來，血液檢查發炎指數CRP依然正常，就高興的看著她說，我們今天減藥。通常這麼說，病人都會歡欣雀躍，但意外的是，她卻平淡冷漠的不動聲色。心想，即使人老也要心不老啊，這當下多少配合一下，助助興嘛！怕也許是沒聽清楚，就再興奮的大聲說，希樂葆改成每天一顆，滅殺除癌錠改成每週三顆。心想這可是跳樓拍賣了，看對方應該也聽進去了，未料卻依舊老神在在的全然沒有反應。不禁睜大眼睛，送出連串問號，鎖定了看著她，怎麼回事？總得給個說法吧。

看躲不掉了，她才有些緊張的怯懦的說，現在已是兩天一顆希樂葆，每週兩顆滅殺除癌錠。這時候，就像頭上倒滿洗髮精卻突然停水的感覺，當場胃食道全逆流的想冰的（翻桌）。吼！妳比醫師還厲害嘍？妳可以掛牌嘍！

女兒看情勢不對，連忙圓場，解釋母親是因長年擔任志工隊長，平常太忙碌才常忘了吃藥，不是故意的。好奇下細問才知道，原來她是負責幫鄰里約六十位八、九十歲的獨居老人供餐，每週二、五各供應兩餐，一餐僅三十元，已持續做了二十年。也自做聰明的在供餐同時順便吃一顆滅殺除癌錠。

供餐日吃藥，真虧她想得出來，還沾沾自喜。其實滅殺除癌錠是脈衝治療的概念，要十二小時一顆連續或一次吃掉，不應打散，否則藥效打折。

但轉念想，若依照國際上將六十五歲以上人口占總人口比率達到百分之七、百分之十四及百分之二十，分別稱為高齡化社會、高齡社會及超高齡社會，我國已於一九九三年成為高齡化社會，二〇一八年轉為高齡社會，預估將於二〇二五年邁入超高齡社會。而二〇二〇年時，臺灣超高齡（八十五歲以上）人口已占老年人口百分之十點七，換句話說，若以二〇二二年二月底的官方統計數字，臺灣人口為 23,319,776 人計算，則至少已有超過五十萬位八十五歲以上的老人需要照顧。

Wine
colored days warmed by the sun

這樣的行為著實令人敬佩感動，就因為社會有了這些無私利他的善心人士，臺灣才能如此祥和；當然也可能因為勤於照顧他人，才讓自己能有更多活動，進而減輕關節疼痛僵硬，不但減少了藥物依賴，也讓身心更加健康。

不過結尾還是不斷叮嚀要常回來追蹤、要能遵從醫囑，才能讓病情更穩定平順，也才能幫助更多人。

虎年的話

四十餘歲女性狼瘡病人，外表活潑開朗，甫入診間，彷彿還能聽見噗噗振翅的聲音，像麻雀竄上了枝椏卻仍不停的顧盼生姿，而嗲嗲的尖嗓又像喜鵲中氣不足的歡唱，清脆卻氣虛，總拖著顫抖的長尾音，最後以咯咯咯的笑聲畫下句點。就相信閉著眼睛也絕對猜得到是誰。

架副黑框眼鏡，硬將文青氣息緊鎖在眉宇之間，每次門診看檢驗結果都緊張兮兮的，直嚷嚷著要減藥。其實藥已很少，數據每次也都差不多，就離正常還差一點點。看完結果勾勾纏纏的雙方叫價後反正回到原點，照舊劇本各自表述一番也就過了，別看劇情一直重播，但雙方都玩得專業，也仍樂此不疲。

可能剛過完年，她相對放鬆，對手戲演完了，說有一個很好玩的笑話要和我分享，自顧講著：「牛年過了，擔心不能再吹牛，還好虎年來了，可以繼續唬爛。」劇本外加戲，一時不知道該如何接話，因為不是擅長項目，笑一下後就只能裝專注的打電腦病歷。突然抬頭看見她包在口罩下的臉龐，感覺比較清瘦，反射式的說：「哇，妳好像瘦了。」她高興得咯咯笑出來，但立刻語帶幽怨的說，其實過年太放肆，吃多了，胖了一圈。

一向自認對體重目測很準，竟然被當場吐槽，給個相反答案，不堪連敗兩場，只能自我解嘲有些尷尬的說，這是虎年說的話。

大家笑噴出來。她說：「醫師，你反應真快。」以為是我設計好的哏，其實真是急中生智的歪打正著，只不過拾人牙慧的藉以遮羞罷了。

門診常得天南地北的扯，藉以忘憂、藉以淡慮、藉以忘病、藉以除病。

幫她弄好一點

母女狼瘡病人，分別是六十來歲、三十來歲，高䠷的女兒推著坐在輪椅上的母親進了診間。慣例先看老的，長幼有序。母親狼瘡至少三十年，其實病情穩定，過去也常由女兒幫忙拿慢性病連續處方箋，少了許多奔波。

但畢竟太久沒看到人了，上回特別提醒女兒，偶爾還是要帶母親回診一下，順便抽個血檢驗，不然一直吃同樣的藥總是有些擔心也不是辦法。

今天被推著進來，看起來精神不錯，檢驗數據也還算正常。但便祕藥、安眠藥、半顆奎寧（必賴克婁）、胃藥、愛我津、人工淚液，仍然是一長串。只是討論了半天，半顆藥也減不了，就是全部都有需要的一概照舊。女兒在旁不耐的說，妳就是愛吃藥，吃上了就不停。輪椅上的母親，可能一下被嗆得火氣上來，低吼一句：「那不然妳也不要吃。」

突然的交鋒也不知接什麼話圓場，氣氛凝結直到女兒也看完。做母親的畢竟老辣或者心軟，向外行前，跟我做個鬼臉笑著說：「她要結婚了，幫她弄好一點，趕快送出去。」女兒當場靦腆的笑出來，也瞬間化解了尷尬。其實這時下一號的另一對年輕男女已進來在旁邊等待，當然也一定聽到了最後一句對話。

剛坐定的年輕女生，是位已拖了很久尚未結婚的免疫皮膚病病人，男朋友每次都陪著來，一晃也至少五年了，忠誠不二但就是不結婚。

管事個性又起，就故意笑著說：「妳要不要也弄好一點啊？」當然是說給站在旁邊那個聽的。

她聽懂我的意思，回說：「那也得要有人求婚啊。」大眼睛向側後方瞟了一下，意有所指。男生站一旁看著鞋尖自顧低頭笑著，硬是沒開口，氣氛又有點尷尬停滯。心中不平，就思索著再補一槍。

看她小指頭上戴了一個細圓尾戒，就故意再問，戒指他送的啊？女生幽怨的低聲說是自己買的。抬頭問他：「怎麼不是你送的？」男生嬉皮笑臉的說：「人都已經給她了。」

這話真的有些無賴，回看女生，臉垮了下來，眼皮也有點泛紅，看完低著頭悻悻然的向外走，男生倒是迅疾跟著追了出去。希望出去後能有較具體的保證，較快的行動，有個承諾或給個儀式，畢竟已經很多年了。當然到時候，我一定會想辦法幫她弄好一點。

一診雙孕（上）

下午診，因為疫情嚴峻，其實病人已明顯減少。一位四十歲左右的大小姐，每次總穿得仙氣飄飄，衣著質好裁精，高雅秀緻，令人賞心悅目，看得出來家底深厚，錢不是問題。

問題是個性，總胡攪蠻纏，不知是什麼血型、什麼星座，讓我這麼邏輯清楚的人都常打結卡關，被她那不慍不火的煩，弄得沒轍長嘆。就不斷在既擔心類風濕性關節炎病情活躍，又渴望懷孕不想吃藥間掙扎糾結。

可能是年齡因素，或者還有其他壓力，幾年來，感覺她每天都期盼著懷孕。這廂就只好幾種藥物東閃西避的掂量著使用，但卻又得不斷接收關節腫痛還沒擺平的抱怨。到後來關節痛、沒懷孕，好像都變成我的問題，偶爾被她哀怨的低訴打動，竟然還時有內疚的感覺。

終於有天告訴我，自然的無望，決定放棄了。如釋重負下還沒來得及高興，卻又告知要開始做試管嬰兒。反正一回事，就當沒說，門診也仍同樣的冗長煎熬，只能耐著性子撐。

有天來，居然告訴我胚胎順利著床了，還真是替她高興，也替自己高興。想她這種堅毅不拔的個性，鍥而不捨的精神，不知道老天是受了感動，還是也被唸怕了想結案，居然會網開一面的放水。門診就只有更加小心翼翼的追蹤病情、調整用藥。

今天來，已懷孕十八週，白紗裙裝在腹部微微隆起，感覺有點驕矜的護著肚子，母親節剛過，這個姿勢，實在是既傲嬌又搖擺。討論完病情與孕情，卻張口問我可不可以換個產科醫師。感覺訝異，因為那可是我依名聲特別挑選推薦的。原來她覺得對方都不耐心解釋，讓她無法放心。

心中一凜，原來軟語呢喃、喋喋不休的緊跟著這麼多年，時露不耐的自己，還是已通過考驗天選的。莫名的一陣安慰，想這真是慧眼識英雄。不由得抬頭再仔細打量那一對眼睛，觸目的卻是一對又黑又捲的假睫毛，看不出智慧，倒是殷殷的閃爍著屬於母親的期盼。

一診雙孕（下）

同樣的一診，剛由前面那位傲嬌大小姐的試管嬰兒案回神，沒多久，接著又進來一位年約三十來歲的年輕女孩，清湯掛麵的頭髮，穿著素淨，仍散發著濃濃的學生味，由媽媽陪著進來。

記得剛由他院轉來時，在纖維肌痛症的診斷下，服用著滿重的抗鬱和止痛藥物，卻仍抹不去滿面愁容，好像江山在肩，正拖著地球跑，或被追著跑。

不樂見無病呻吟，門診總大破大立的強勢破解她的擔憂，再強力保證病情，不時旁敲側擊，或正面叫戰，讓她認清現實，不要被情緒勒索，自縛欲振的翅膀，讓她逐漸恢復自信，並重獲面對疼痛的勇氣。原來核心仍是源自夫家要求生育的壓力，讓她難以承受，偏偏愈急就愈槓龜，沮喪、失眠、疼痛，做著無止境的惡性循環。

門診總苦口婆心的講，臺灣生育率已連續七年下降，二〇二一年僅百分之零點九八，全球倒數第一。生不出來關妳什麼事，又有什麼好自責，還是那句話，誰想生就自己去努力，別把個人的期待強壓在別人的生活上。

一陣子後，開始偶爾會淺淺的笑，藥物也逐漸減少，感覺愈來愈陽光。終於有一天，她來門診告訴我已完全停藥，也終於看到比較開朗的笑。但仍然可感受得到那股如履薄冰的戰慄，應該是信心依舊脆弱，深恐功虧一簣。

為了鼓勵她給她力量，玩笑著說畫個符給她，隨手寫了「免驚」兩個字。一個月後她跟著母親和先生笑著跑來，說居然懷孕了，眼睛笑得瞇瞇彎彎的，像冒著泡泡、閃著星星。

今天來已經是懷孕十六週了，仍然提到那無意間的兩個字，說拿到後第二個月就懷孕了。當然絕非真有什麼鎮宅辟邪、催生促產的超凡能力，應該是那股正面堅定的力量打動了她，讓她卸下心障，心鬆了，人就成了。

很高興，一診雙孕，是診間樂事，也是人間樂事。

存錢買輪椅

女性類風濕性關節炎病人，黑黑的，醬缸醃透的皮囊，感覺一定是古早豆瓣釀的，因為還閃著豆黃的奇詭光澤，而且陳年，其實應該有五十來歲了。

總不準時回診，拖拖拉拉的，理由就扯疫情嚴峻，害怕來醫院。

「藥都有吃？」

「有吃。」

反正怎麼拷問都是家裡還有藥。就像遲到的人總是遇到塞車，還講得理直氣壯。

怎麼總是家裡還有藥呢？好像就是吃不完。每次碰到類似的病人，也不揭穿，就都假裝正經的一再交代，一定要把錢擺在放藥的地方，說不定會生出錢來，看會不會用不完。當然根本就是藥沒按著處方吃，三天打魚，兩天曬網，才永遠還有藥，吃不完的藥。

前次門診，居然還問我，若藥沒吃會怎樣？既然三八問就四九答。特別壓低聲音放慢了回，那～就～慢～慢～存～錢。一聽不吃藥還能存錢，眼睛都亮了，追問那存錢要幹嘛？

再問就入彀中計了，就傻了。

「存錢好買輪椅。」

講得又快又狠。閃一串忍不住又不敢明翻的白眼，但就是聽懂了。本來講話就是要言簡意賅，這種情況，絕不拖泥帶水，絕對心狠手辣。

數落過一頓了，今天又來回診。仍然是比預定時間晚了幾個月，可能要化解尷尬，或回家苦練了新招想先發制人，帶著挑釁的詭笑來，似乎打定主意要扳回一城。

「上次您說要存錢買輪椅，如果不想六、七十歲坐輪椅要怎麼辦？」這什麼問題啊？明知故問，不配合吃藥還記仇嗆聲。但這哪算招數，想都不想，立馬回應，那就五、六十歲坐。再度窘澀的抿著嘴笑。

當然還是再嚴正警告，現在醫藥這麼發達，只要規則看診吃藥，都不會有坐輪椅的機會；但若不照醫囑，隨心所欲，那就真要提早存錢。

她又笑著說，上次回去講給先生聽，先生說真是個好醫師，本來就該教訓。並再三保證從今以後一定會按時吃藥。

對自作聰明的病人就不能跟著鄉愿，行到水窮處，坐看雲起時，必須要給她一個殘忍的終極圖像，讓她自發性的知所進退。

黑

黑棗

五十餘歲女性，是全身性紅斑性狼瘡的老病人，目前僅以必賴克婁（奎寧）每日一顆穩定控制病情。

皮膚黝黑，留短髮，一向靦腆少話，門診病情談完，突然抱怨舌頭近來發黑，問我有無關係。雖然疫情嚴峻，仍請她脫下口罩，張嘴伸舌。這種問題，眼見為信，不看要怎麼判斷。

確實在舌頭上方中間有約五十元硬幣大小的淡淡暗黑色，雖稱無感無痛，仍立即提醒，若持續擴大，即應掛口腔病理科檢查。

看著快沒戲了，她又補充說，最近每天吃許多黑棗，已持續三個月，會不會是這個問題？這讓我想起她服用中的奎寧，固然可能增強黑色素細胞活性，但無法解釋僅局限於口腔一隅。

吃黑棗的變數，當然或許有意義，既然提出來，無法全盤否認，就立即笑著問，吃前有無先浸水？她愣了一下，回答並沒有，再一臉迷惑的問為何要浸水？回說，若浸完變紅棗，就知道舌頭為什麼變黑了。爆笑離去。

黑老鼠

四十餘歲女性，是類風濕性關節炎的老病人，雖然以高劑量疾病緩解抗風濕藥物（DMARDs）治療，仍無法穩定控制病情。在合於健保規定的條件下，申請了生物製劑，因為怕痛，又討厭吃太多藥，替她選擇了長效的腫瘤壞死因子抑制劑「欣普尼」，今天是第一劑，感覺她仍對皮下注射很緊張，既期待又怕受傷害，臨上場前，還怯怯懦懦的問，有沒有很多人用過？

看人繃得太緊，想解除她的不安，立刻酷酷的接口，外面有很多黑老鼠。她情緒被我引導，睜大眼睛一臉問號。自己再跟著笑著解釋，因為白老鼠（藥物試驗者的訹諧代號）都沒事全回家了。雖然有點無厘頭，但笑聲中讓她放鬆下來，就滿懷信心高高興興的到隔壁去打針了。

門診是難得的緣分，四面八方奔來的相聚，醫病彼此都當珍惜。連續「黑」事件，想起歌手蕭煌奇的歌〈你是我的眼〉中，「眼前的黑不是黑　你說的白是什麼白」，醫病在專業上不對等，溝通無疑是治病中關鍵的一環，特為之記兼以自省。

氣象員

進來個初診的年輕女生，因為疫情，坐在至少一公尺外遙望，主訴是關節疼痛。梳著硬直短髮，皮膚稍黑卻健康的閃著光，穿著淺粉紅色襯衫，灰長褲，自然的流露著巾幗英氣。本來也沒多說話，因為自己戴著N95口罩，何況不熟。

看完診，安排好檢驗檢查，就該結束了，她突然開口問：「您是不是當過國防醫學院院長？」

不明就裡，就輕微的點頭，並低聲回問：「妳是國防畢業學生？」回覆的是好像比我還輕的點頭，並更低聲的說：「難怪看您面熟。」

哪年入校？我稍感好奇的繼續下去。她說是九六到九八年念護理系，後來感覺興趣不合，退學轉陸軍官校氣象系，目前在機場負責看氣象圖。果然是個軍人。

由於所述疼痛部位廣散，無法和僵直性脊椎炎或類風濕性關節炎等特殊疾病連結，懷疑是纖維肌痛症，就順著問是否有睡眠和壓力問題。她說上班是早上八點到晚上八點。睡覺常就在辦公室，因氣象變化瞬息萬變，隨時要依新數據調整，不能漏接，所以上班壓力很大也睡不好。

其實滿佩服這類人才，空中載具，飛不飛就靠他們一句，也要靠他們的細心才能安穩落地。以前偶搭軍機，一進機場，大家就先圍著，聽氣象員解說電腦螢幕上的氣象圖，總期盼風和日麗，最好無雲無雨，一路平安。

笑言：「這是很重要的工作，攸關飛航安全，退役後還可以轉氣象局工作，前途璀璨。」

她笑一笑回說：「氣象局的更專業，還差人家一大截。」

再接著說：「那妳就更要努力，給他追上去。」

她回說：「其實已念了碩士，不過念書和實務仍有相當距離。」

她再接著說：「現在有些後悔，覺得護理工作比較好，壓力較小錢又多。」

輕輕搖頭，那是這山望得那山高，其實行行出狀元，卻各有難言的辛酸路。且人生沒得後悔，走了就只能勇往直前。也沒誰的人生總繁花似錦，誰的人生總篳路藍縷，總有波折起伏，高低上下。再婉轉告知，千萬不要吃碗內看碗外，重要的是要相信自己，在任何環境下，歡喜做，甘願受，終得出人頭地。

腦麻病人的媽媽

因為疫情，媽媽為了保護女兒，一個人來門診代拿藥。

女兒是類風濕性關節炎病人，從豆蔻年華的小女孩看起，已走過漫漫長路。其實真不覺得時間過得這麼快，印象裡仍然只有天真爛漫的陽光。每次都由媽媽陪著，女孩一拐一拐的，兩個人手臂交纏著走進來，緊緊相依。

四十一歲，真不太敢相信，是後來特別看了電腦才確認的。「她都四十一歲啦？」我驚呼出來。

「是啊！這麼多年都您看的，我朋友四十一歲都當阿媽了。」媽媽笑著回應。頭髮成束的黏在頭上，好像還能隱約看到汗漬，閃著光，應該是有份出勞力的辛苦工作。

女孩患有腦性麻痺，智能不足，溝通有礙，也跛著腳，但看到我就笑，還帶著靦腆，總在媽媽和我之間穿梭著笑，也許是人生裡的兩個熟人，但只能說簡單字彙。每

次來，媽媽總說：「說張醫師好。」她嘴巴咕噥一下，勉強聽到部分聲音，但笑容洋溢，充滿童真。

這麼多年，從未看過她爸爸，這麼多年，我也從沒問過，猜應該不是隱藏了一個不欲人知的喜劇。

因為疫情，媽媽一個人來，也稍微談得多一些。忘了是否曾講過，但今天講得更清楚。生出來是個早產兒，二十八週，體重僅九百六十克，還有腦性麻痺，每次餵奶得花一小時以上，長達半年。

出生在一家天主教醫院，原則上是不放棄生命的，但醫師還是告訴媽媽，小孩活不久，要求她簽同意書放棄，她說自己生的，掙扎著簽不下去。結果，那位醫師往生了，她還在。笑不出來，因為怎麼樣都是悲劇。

讚揚她實在是偉大的媽媽，她說是上輩子相欠，這輩子還，就盡量做吧！

無論是否科學，總是正面態度。看到一位平凡的母親、一位偉大的母親，無條件的付出與呵護，盡其所能，盡其所有，且無怨無悔，其實就天下的母親一般樣。

不要再等到下輩子

三十來歲狼瘡病人，應該未婚，因為舉止仍然像個高中女孩。戴著黑框眼鏡，黃黃瘦瘦的，總低著頭講話，偶爾抬一下頭，帶著純樸靦腆的笑容。

很不幸的有些耳聾，好像是先天的，每次來，要不帶著朋友，要不護理同仁就得附耳大聲重述，加上彼此的肢體語言，溝通尚屬無礙。

好在病情始終是穩定的，每隔兩個月抽血檢驗追蹤就好，偶爾調調藥。這天她提到不想住家裡面，想要外逃，說全家都在唸她。

不以為然的搖搖頭，綱要八股的強調家庭的重要。她倒搶先一步笑著說，有一句話醫師聽過沒？緊接著就說：「其實親人都是業力最深的聚在一起。」

我愣了一下，有些受到震懾，不知道她在家裡曾經受過什麼樣的壓力或創傷，怎麼會有這樣的想法。

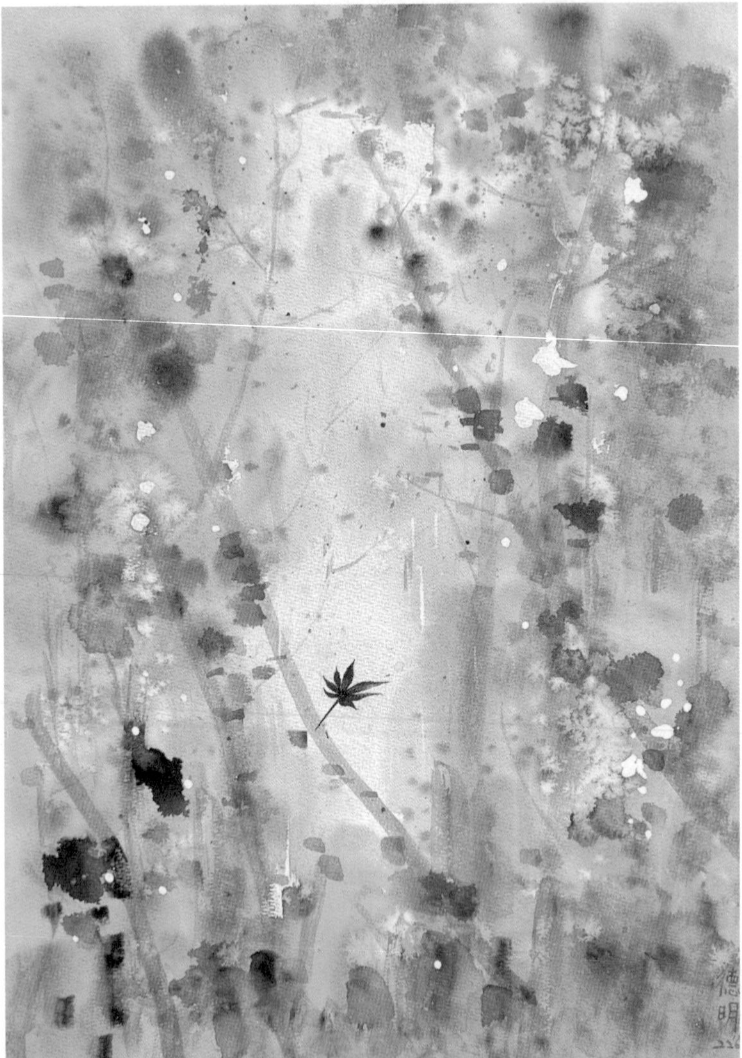
德明

她以為我聽不懂，又再補充，業力就是上輩子做了不好的事所留的果。看我懵住了，感覺自己站了上風，不禁笑得有些得意，也許這真已成了她內心深處的想法。

五秒鐘的啞口無言，其實是有些陷入沉思，家庭在我的解讀當然迥異於此，但確實家家有本難唸的經。

好在腦筋還算轉得快，立刻大聲回說：「下面還有一句話妳聽過嗎？」

這次換她愣住了，「啥？還有下一句？」

我說下一句就是：「這輩子還不完下輩子繼續。」

換她懵住了，兩手猛搖，身子後退，「噢！不不不，那我還是忍耐下去，這輩子趕快還清好了。」玩世的笑容頓時收斂了起來，但其實還是留著一抹甜。

當然不是情緒勒索的逼她忍耐，而是由她玩笑的口吻中知道，應該也只是小小抱怨發發牢騷，就順勢補槍讓她在家裡老實一點。

其實家庭的支持對自體免疫疾病的病友是非常重要的，雙方都應有更多包容和體諒。如果以佛教所說，前世五百次回眸，換得今生擦肩而過；能成為家人，是何等的業力，噢，不，是何等因緣，當然應該全力維繫，享受今生，不要再等到下輩子了。

媽媽樂

六十歲女性，外觀就一般家庭主婦，溫婉端莊、嫻靜柔雅，還架副黑框眼鏡，應該不是耍文青，而是老派，就模範妻子型，主訴是手部關節疼痛。

隨後而入的先生，戴了一頂暗灰色鴨舌帽，大紅運動衫，洗得用力的有些泛白，肥頭大耳，鼻頭嘴唇都厚，聲調濁濁的好像含著橄欖，更可能是顆滷蛋，兩手往膝蓋一拍，朝後方椅子坐下來就斜睨著妻子，像清晨起床的貓咪看著籠中的金絲雀，挺關注的，但不知道在盤算著什麼。

女士將疼痛的雙手伸出來，刻劃著真實的歲月風霜，指節皺摺處隆起明顯，疼痛位置主要在遠指關節和手腕肌腱處。

看起來像退化性關節炎，當然就順道問職業為何，有無做什麼粗重工作。

感覺挺幸福的笑著搖頭，同時還搓搓手。先生身子前傾，在後面壓著嗓音嘟囔

著，妳要不要跟醫師說妳都做了什麼？眼神定定黏黏的纏綑著坐在前面的妻子，看來還是個主導性強的急性子。

女士眼神微向後瞟，相信他們在電光石火間已交換了訊息。她也許不想說，他則堅持。

女士還是開口了：「我喜歡用手洗衣服。」並接著解釋，自己洗才洗得乾淨。

總有俠情在人間，瞄了一眼後方穿著洗出毛球的上衣且老神在在的先生，我佯裝詫異，一本正經的問：「衣服不都該是先生在洗嗎？」音調平實誠懇，絕對聽不出一點心虛。

女士噗哧一聲笑出來，回頭看了一眼，一定心想這可是你要我說的喔。先生也乾笑了幾聲，肥臀在椅墊上不安的掙扎了兩下。護理師這時插話，現在衣服不都是洗衣機洗嗎？

先生厚實的左手掌往膝蓋上一拍，彷彿找到了出口，笑著說：「我們家用的洗衣機是媽媽樂。」

以為真有這個牌子，好像也真有這個牌子，臉上自然飄出一絲迷惑，坐在前面的女士看出來，自己笑著補充，「就是我愛自己用手洗啦，他說是媽媽樂。」先生嘴一撇，好像沉冤得雪。

家務事，清官難斷，重要的是找到雙方認可的疼痛原因，當然檢驗檢查還是照做，不過凡事能找到原因就好辦，無論改得了改不了，至少心知肚明、心甘情願。夫妻之間，經常不就是周瑜黃蓋願打願挨跳著探戈湊和著嗎？歡喜就好。

人生不應該只有疾病

六十來歲男性，稜角分明，幹練俐落，如一把飽經風霜的刀，有些鏽蝕，但仍流露著隱藏不住的銳利和曾經的鋒芒。

平頭灰髮，著一件粉紅襯衫，或刻意要彰顯年輕活力，或刻意要遮掩年邁痕跡，其實欲蓋彌彰，歲月早已在臉上抹了濃妝，不過眉宇間仍透著絲絲森冷的霸氣。

知道是在跨國企業海外公司擔任高階主管，其實看兩眼就驗明正身，工作的洗鍊裝不出，也藏不住，絲毫沒得僥倖。得了一個時髦的文明病，第四型免疫球蛋白G相關疾病（IgG4-RD），是近幾年才較為清楚的疾病，臨床表現常為「假性腫瘤」，可長在身體許多地方，包括：胰臟、唾液腺、淚腺、眼窩、膽道系統、淋巴結、肺臟、後腹腔、主動脈、腦膜、腎臟、甲狀腺等，造成組織器官功能損傷。其實在追蹤治療下病情穩定。

德明

明明約了一個月後回診，才兩週就忍不住提早來，說實在已受不了，為何新加的藥沒效。客套禮貌間其實已揚露著焦躁不安和內心不悅。

一進診間，就迫不及待的先遞上兩張A4紙，畫了時序框線，紅色字是異常值，綠色字是正常值，加上批注，巨細靡遺。看了這麼工整的表格，不禁啞然失笑，還真沒見過這麼較真的人，當他的員工，應該是度日如年。

察覺我的笑，立刻解釋說，因為工作中都習慣製表、看表，這樣不會遺漏且一目了然。當然了解，只是在弄清楚的過程中，這種個性，自不免沉陷在焦慮的深淵中難以自拔。

說嘴乾，非常痛苦，不想活了，眼睛看著我，再說一次，不想活了。溫婉的太太只能焦急無助的看著他，再陪笑的看著我。「不想活了」，講得令人詫異，若曾領千軍萬馬，怎會輕易放棄認輸。

我其實有個好習慣，病人資料必然條理清楚的記錄於病歷中，實在不需要看他的製表，尤其做得紅紅綠綠令人眼花繚亂。看他作繭自縛，走不出來，想該是丟根繩索入井的時刻，就一派正經慢條斯理的說，明天早上，你就拿個麥克風，站到臺上，大聲告訴員工，因為嘴乾不想活了。

那怎麼行，他反射式的立刻回應。癱軟的身軀，背脊都挺直了，好像即將站在講臺面對群眾。若還在乎形象，還有不適合的場域、不適合的對象，又何必誇大其詞的情勒家人、醫師。他太太也如釋重負的笑出來，再略微交談後，牽著稍顯振作的先生道謝離去。

今天又提早了兩週來，說感覺很不好，慌亂的容顏，彷彿掙扎於垂死的邊緣，不過卻仍衣著整潔，言談合宜。說已經痛苦六、七年了，忍耐實在已到達極限。其實檢驗數據都在進步，只是尚未回歸正常。看到那一抹沉重，就故意再問，這六、七年來有怎麼樣嗎？也不過就是嘴乾而已吧。他點點頭，臉上線條逐漸鬆了下來。固然嘴乾難受，但比較合併胰臟炎的，後腹腔纖維化的，不知道要好多少。經過再三講解保證後，雖然又成功送客，但實在擔心撐不過兩週又要再見面。

記得當年在實驗室做細胞培養，站在培養箱外焦急的隔著玻璃緊盯著培養皿，老師就說，再看也不會提早變化。同樣的，再焦慮擔憂也無法改變病程，且極可能適得其反。把疾病交給信任的醫師，配合醫囑，並盡量維持健康正常的生活才是正道，人生不應該只有疾病。

笑一個

七十歲女性類風濕性關節炎病人，用生物製劑治療，病情穩定，CRP<0.1，已完全測不到發炎。

略矮胖的先生陪著來，跟在後面，坐在較遠端窩著，垂著頭。她一馬當先，迅速入座卻表情木然，著黃T恤黑長褲，像梵谷的黃，有些抑鬱，更像根木頭在移動，了無生機。診間一下子愁雲慘霧。

她戴著口罩，卻目不轉睛呆滯的直視前方，黑色瞳孔深邃卻無神，或已神遊他處，久了，還真有些毛骨悚然。

夫婦分別坐在鄰近的兩把椅子上，卻彷彿隔著牆。先生或許擔心冷場，抬起頭，率先開口說話。說她現在只剩下四十四公斤，胃口也差，不知道該怎麼辦才好。對約一百六十五公分高的人而言，那實在已是人形立牌。

還好吧？我看著她的眼睛，緩緩暖暖的問了一句，畢竟幾十年情誼了。隔著口罩，都看得出她的笑溢了出來，好像眼睛也眨了一下。先生斜瞄了一眼，嘆口氣說，能對你笑真不錯了，她對我都笑不出來。話音剛落，剎那間，她又恢復了撲克臉，彷彿急凍的石雕。

先生補充說，她有焦慮症，在另一間醫學中心追蹤看診，可能是因為上次他摔了一跤住院，她必須日夜照顧而心煩氣躁，但都已經過了兩個多月了，卻還沒變好。看先生將事情硬往身上攬，不斷自責，似乎鶼鰈情深，可惜現場卻未獲得她的任何回應。

不得不再耐心的跟她保證病情，其實狀況根本無須擔心，好得很。尤其是，看著她的眼睛，再壓低了聲音說，先生能陪著妳來，擔心著妳，很難得噢。她頭一撇，和坐隔壁的對上眼，笑了一下。陽光迅速衝破了霧霾，診間也頓時亮了起來。

沒事就笑一個吧！對自己對別人都好。

等待疫情平息花好月圓的一天

三十來歲女性，罹患類風濕性關節炎多年，依然青春洋溢、丰姿綽約，回想好像是穿著淡綠色長裙洋裝，她不說，還真猜不出已是兩個孩子的媽。

一向穩定的病情卻突然有些活躍，此時此刻，當然就要詢問新冠病毒疫苗、染疫，或疫情相關的問題。

淡笑著回覆，已順利接種了三劑疫苗，無甚大礙；平日一家人出入小心，戴口罩、勤洗手、保持社交距離，也都沒有染疫的症狀；偶爾疑心起，快篩一下，也都是陰性。那病情怎麼會突然活躍了呢？

女士頭微向後仰，座椅略向後滑，可能在腦中復原著影像，然後搖著頭，苦笑著說，真的快瘋了。

原來小孩在上幼兒園，我瞪大眼睛豎直耳朵聽清楚了是幼兒園，因為疫情和防疫，居然也改為視訊上課。突然想起羅蘭夫人在法國大革命時所說的名言：「自由！自由！多少罪惡假汝之名以行。」雖然並不完全貼切，但因為疫情，已經變動了我們太多生活。

尤其老師相當盡職，還要求大夥鏡頭全開，且隨時點名互動，那可真是熱鬧非凡。但小朋友哪坐得住，跑來跑去、跳上跳下、吃喝拉撒、哼哼唱唱，想那畫面，真苦了家長。其實家長雖也可能在家上班，但仍得常和公司視訊，兼顧兩頭，當然快抓狂了，疲累與壓力驟升，也難怪病情會活躍了。

這個疫情，已逾兩年，沒有人不受干擾，不過既然生命中已盤桓不算短的時間，且還不知伊于胡底，生活中就要做聰明適當的調整，順勢而為，並想清楚優先次序，量力而為。當然，健康無疑要排第一，無論任何突如其來的插曲，都絕不能以犧牲健康為代價。維護健康，並等待疫情平息花好月圓的一天。

社會人文 BGB543

人醫之間

張德明醫師的理性與感性

作者 — 張德明
封面畫作 — 張德明

總編輯 — 吳佩穎
主編暨責任編輯 — 陳怡琳
協力編輯 — 沈如瑩
校對 — 魏秋綢
封面暨內頁設計 — BIANCO TSAI
內頁排版 — 張靜怡、楊仕堯

出版者 — 遠見天下文化出版股份有限公司
創辦人 — 高希均、王力行
遠見・天下文化 事業群董事長 — 高希均
事業群發行人／CEO — 王力行
天下文化社長 — 林天來
天下文化總經理 — 林芳燕
國際事務開發部兼版權中心總監 — 潘欣
法律顧問 — 理律法律事務所陳長文律師
著作權顧問 — 魏啟翔律師
地址 — 台北市 104 松江路 93 巷 1 號 2 樓

讀者服務專線 — (02) 2662-0012 ｜傳真 — (02) 2662-0007；(02) 2662-0009
電子郵件信箱 — cwpc@cwgv.com.tw
直接郵撥帳號 — 1326703-6 號　遠見天下文化出版股份有限公司

製版廠 — 東豪印刷事業有限公司
印刷廠 — 立龍藝術印刷股份有限公司
裝訂廠 — 台興印刷裝訂股份有限公司
登記證 — 局版台業字第 2517 號
總經銷 — 大和書報圖書股份有限公司 電話／ (02) 8990-2588
出版日期 — 2022 年 10 月 31 日第一版第 1 次印行
　　　　　 2022 年 12 月 5 日第一版第 2 次印行

定價 — NT 480 元
ISBN — 978-986-525-894-8
EISBN — 9789865259136（EPUB）；9789865259143（PDF）
書號 — BGB543
天下文化官網 — bookzone.cwgv.com.tw

國家圖書館出版品預行編目（CIP）資料

人醫之間：張德明醫師的理性與感性／張德明著. -- 第一版. -- 臺北市：遠見天下文化, 2022.10
面；　公分. --（社會人文；BGB543）
ISBN 978-986-525-894-8（平裝）

863.55　　　　111016290

天下文化
BELIEVE IN READING